아우렐리우스 명상록

Meditations of Marcus Aurelius

아우렐리우스
명상록

마르쿠스 아우렐리우스 지음
김지영 옮김

브라운 힐
BrownHillPub

들어가는 말

철학자이자 황제였던 아우렐리우스

아우렐리우스는 121년 4월 26일 로마에서 태어났다. 그의 아버지 아우렐리우스 안니우스 베루스는 로마의 귀족이었으며 어머니 도미티아 루킬라는 집정관 칼비시우스 툴루스의 딸로서 교양 있고 경건하고 자애로운 부인이었다. 베루스 집안은 원래 스페인에서 살았는데 마르쿠스가 태어나기 1백 년 전부터 로마로 이주하여 살기 시작했다. 그의 할아버지 아우렐리우스 안토니우스 베루스는 총독, 집정관, 원로원 등의 요직을 지냈다.

아우렐리우스는 여덟 살 때 아버지가 죽자, 할아버지 슬하에서 자랐다. 어머니도 그가 어릴 때 죽은 것으로 알려진다. 그는 태어날 때부터 병약하여 학교에 다니지 않고 훌륭한 가정교사들로부터 교육을 받았다. 그는 공부에 뛰어난 자질을 나타냈고, 또한 열중했기 때문에 당시 황제 하드리아누스도 아우렐리우스를 아껴 그를 '가장 진실한 자(Verissus)'로 부르기도 했다.

아우렐리우스의 숙모 파우스티나와 그녀의 남편 아우렐리우스 안토니누스 피우스에게는 아들이 없어 아우렐리우스를 양자로 맞아들여 마르쿠스 아우렐리우스 안토니누스라고 이름 붙여주고 그들의 후계자로 삼았다.

138년 아우렐리우스가 17세 때 하드리아누스 황제가 죽자, 아우렐리우스의 양부(養父)인 안토니누스 피우스가 제위를 물려받았다. 이때부터 아우렐리우스는 미래의 황제로서 통치하는 법과 황제로서 해야 할 일들을 섹스투스, 루스티쿠스, 프론토 등에게 배운다.

139년 아우렐리우스는 피우스 황제의 후계자로 정해지고 황제의 딸 파우스티나와 약혼한다. 그 후 재무관과 집정관에 오르고 145년 24세 때 파우스티나와 결혼한다. 146년 장녀 안니아 카렐리아가 태어나고 이후 13명의 자녀를 두었으나 8명이 요절하고, 1남 4녀만이 남았다.

161년 40세 때 피우스 황제가 죽자 아우렐리우스가 뒤를 이어 즉위하고 의동생인 루키우스 베루스를 공동 황제로 삼았다. 이때부터 게르만족, 스키타이족 등 외적의 침략과 변방 야만족의 소란 등 외부로부터의 위협이 끊임없이 계속되고 페스트와 티베리스강의 범람으로 인한 기근 등으로 시련을 겪는다.

그러다 169년 공동 황제인 베루스가 죽고 게르마니아가 다시 공격해 오자 아우렐리우스는 다뉴브강에 진을 치고 그곳에서 생활하면서 이때부터 이 책 《명상록(冥想錄)》을 쓰기 시작했다. 이후 야만족과의 싸움과 카시우스의 반란을 진압하기 위해 원정을 떠나고 이 원정에서 아내 파우스티나를 잃는다. 그 후 북방의 전장에서 돌아오는 도중 페스트에 걸려 며칠 동안 앓다가 180년 3월 17일 59세의 나이로 세상을 떠났다.

아우렐리우스의 《명상록》

아우렐리우스가 진중(陣中)에서 쓴 《명상록》에는 스토아철학자의 정관(靜觀)과 황제의 격무라는 모순 사이에서 고민하는 인간의 애조(哀調)가 담겨 있다.

그는 황제로서 정치적·군사적 성공을 거두지 못하고 행복하지도 못했으나 한 자비로운 인간으로서 그리고 그리스의 수사학과 스토아철학에 바탕을 둔 높은 교양인으로서 후기 스토아학파의 대표자로서 인정받고 있다. 《명상록》의 그리스어 원제(原題)는 '타 에이스 헤아우톤(Τὰ εἰς ἑαυτόν)'으로 '자기 자신에게 이르는 것들'이란 뜻인데, 그의 성실하고 진지한 인품과 자기 주위와 세계를 깊이 통찰한 명상의 결정(結晶)을 보여준다.

…… 이 세상의 만물은 끊임없이 변화 유전하며, 생명도 이름도 기억도 결국은 망각의 심연으로 사라져버리는 것이 우리의 인생이다. 이러한 덧없는 것들에 애착을 갖는다면 인간은 불행할 수밖에 없다. 우주의 진상(眞相)은 변화에 있으나 그 변화 속에 통일이 있다. 그 통일의 지배를 믿고 운명을 감수하는 것이 '자연

을 따르는 길'이며 오도(悟道)의 생활이다.

　왜냐하면 모든 것은 자연에서 나와서 자연으로 돌아가며 우리 인생의 모든 일은 우주 전체의 통일 속에서 미리 정해져 있으므로 신에 복종한다는 것은 바로 운명을 사랑하는 것이 된다고, 아우렐리우스는 책에서 말하고 있다.

　이 책에는 그와 같은 스토아철학적인 인생론뿐 아니라 우주, 신(神), 편재(偏在)하는 로고스, 인간 존재와 영혼의 문제, 인간관계에 대한 고찰 등이 기술되어 있다.

　그러나 원래의 제목이 암시하듯이 이것은 남에게 읽히기를 의식하고 쓴 것이라기보다 자기 자신과의 대화를 솔직히 적어놓은 일기문의 형태로 되어 있다. 전체가 12권으로 분류되고 비교적 만년(晩年)에 쓰여진 것으로 추측되나, 소란한 시대에 황제의 신분으로 바쁜 정치와 군무(軍務)에 시달리면서 틈틈이 생각에 잠겨 붓을 들었을 것이기에 각 권의 저술 시기는 각각 다르리라고 판단된다.

아우렐리우스의 청동 기마상

　이 글의 원문은 그리스어로

8

되어 있는데, 그 문체는 매우 간결하고, 때로는 잠언적(箴言的)인 메모와 같은 특색을 지니고 있다. 그러한 간결한 문체 속에서 우리는 엄격한 스토아철학자인 동시에 로마의 사내다운 그의 강직성을 느낄 수 있다.

영원한 명작으로 손꼽히는 이 명상의 기록에서, 몸은 로마 황제라는 영예로운 위치에 있으면서도 고독하고 우수에 잠겼던 영혼은 언제나 죽음을 직시하면서 자기 자신에게는 엄격하고 주위 사람들에게는 따뜻한 자비심을 가졌던 로마의 현인(賢人) 아우렐리우스의 실체를 만나게 된다. 그에게 있어서 철학자와 황제는 전혀 별개의 것이었던 셈이다.

마르코만니 전쟁 기념주

그가 죽은 후 로마제국은 쇠퇴하였다. 현재 로마시에는 게르만의 한 부족인 마르코만니(Marcomanni)족과 아우렐리우스가 맞붙은 '마르코만니 전쟁'을 부조(浮彫)한 기념주(記念柱)와 175년경에 청동으로 만들어진 그의 기마상(騎馬像)이 남아 있다.

기념주의 일부분을 확대한 사진

스토아학파[Stoicism]에 대한 소개

스토아학파의 역사

알렉산더 제국과 헬레니즘 문화의 확산에 그 기원을 두고 있다. 어린 시절 아리스토텔레스에게 가르침을 받았던 알렉산더 대왕은 마케도니아의 왕위에 오르자마자 대대적인 영토 확장에 나섰다. 알렉산더 제국은 곧 마케도니아와 시리아, 페니키아, 그리스, 이집트까지의 광활한 영토를 포함하는 대제국이 되었다. 많은 물자와 사람들이 제국의 동서를 오갔으며 이를 따라 수많은 사상이 교류되었다. 이 과정에서 그리스와 동방의 문화가 융합된 헬레니즘(Hellenism)이 탄생했다. 알렉산더 대왕의 죽음 이후 제국은 급격하게 쇠퇴하였으나 헬레니즘은 계속해서 발전했다. 헬레니즘은 철학에도 영향을 끼쳐 기존 그리스 철학에 비해 보다 절충적이고 화합을 모색하는 경향이 강한 다양한 사상들이 생겨났다. 스토아학파는 그 가운데서도 당대인들에게 가장 큰 영향력을 행사한 학파였다.

스토아학파의 창시자는 스토아학파의 제논으로 불리는 키티온의 제논(Zeno of Citium)이다. 그의 고향인 키티온(Citium)은 지중해 동부 키프로스 섬에 형성된 그리스 식민 도시로 헬레니즘 문화와 함께 상업이 번성한 곳이었다. 무역선을 타고 아테네로 들어온 제논은 학파가 다른 여러 스승에게 가르침을 받았고, 이를 바탕으로 자신의 철학사상을 세웠다. 스토아학파의 명칭도 제논이 철학 강의를 했던 아테네의 공공건물 스토아 포이킬레(Stoa poikile)에서 유래한 것이다. 이후 제논의 스토아철학은 제자인 클레안테스(Cleanthes)에게로 이어졌다. 제2의 스토아학파 창시자로 불리는 크리시포스(Chrysippus)는 두 스승의 철학을 정리하여 크게 발전시켰다.

스토아철학은 기원전 2세기에 새로운 전환점을 맞았다. 중기 스토아학파로 분류되는 파네티우스(Panaetius)와 포시도니우스(Posidonius)는 이 시기를 대표하는 철학자이다. 이들은 유물론적 경향의 초기 스토아철학자들이 수용하기를 꺼렸던 플라톤 철학을 적극적으로 받아들였다. 특히 포시도니우스는 영혼이 육신과 함께 소멸하지 않는다고 생각했다.

후기에 들어선 스토아철학자들로서는 네로의 스승이었던 루키우스 아나에우스 세네카(Lucius Annaeus Seneca), 노예 출신으로 장관의 자리까지 오른 에픽테토스(Epictetus), 로마 황제 마르쿠스 아우렐리우스(Marcus Aurelius)가 손꼽힌다. 철학적 발전을 크게 이룩하지는 않았으나 인지도가 높았으며, 스토아철학을 현실 속에서 능동적으로 구현하고자 했다.

스토아학파의 특징과 의의

스토아철학은 그리스 아테네에서 토대를 다졌으나 주요 철학자들 대부분은 시리아나 로마 출신이었다. 또한 헬레니즘 문화 속에서 성장한 사상이기 때문에 그리스와 비(非)그리스적 요소가 거의 대등하게 조화를 이루고 있었다. 따라서 스토아철학은 소크라테스, 플라톤, 아리스토텔레스 철학을 끌어들이면서도 이전 시기 고대 그리스 철학과는 다른 독특한 측면을 지닌다. 스토아철학의 특징을 가장 두드러지게 파악할 수 있는 범주는 논리학, 자연학, 윤리학이다.

① 논리학

스토아철학의 논리학은 아리스토텔레스의 영향력이 두드러진다. 아리스토텔레스는 보편보다는 개별적 존재에 현실성을 부여했다. 스토아학파 역시 인식의 출발을 개별 객체의 지각(경험)으로 파악했다. 즉 갓 태어난 인간의 영혼을 아무것도 쓰여 있지 않은 칠판이라고 본다면 경험은 칠판을 채워주는 내용이다. 그들은 감각으로 파악되지 않는 것은 보편적인 것에 도달할 수 없다고 생각했다. 또한 개념은 생각의 표상이지 구체성을 갖는 현실적이고 실질적 대상은 아니라고 보았다. 스토아학파의 가장 두드러진 특징을 유물론 및 경험론, 감각주의로 보는 이유는 이 때문이다. 한편, 스토아철학에 따르면 '판단'이란 한 가지 표상(생각)에 대해 주체가 동의하는지, 즉 표상이 실제로 있다는 것을 확신하는지의 여부이다. 그리고 판단의 참, 거짓은 다시 표상의 내용이 사태와 일치하는지 그렇지 않은지에 달려 있다. 바로 이 지점에서 스토아철학은 아리스토텔레스보다 정교해진다. 양자 모두 판단에는 개념들이 필요하다는 데 동의한다. 그러나 아리스토텔레스가 개념을 언어적 측면에서 파악했던 것과 다르게 스토아학파는 언어의 기호와 그것이 지시하는 개념, 실질적인 대상을 분리해서 인식했다.

② 자연학

스토아철학의 논리학은 자연학에 근거를 두고 있다. 스토아철학자들의 자연관을 이루는 핵심은 유물론, 법칙성, 일원론, 범신론이다. 그들은 물질만이 세상을 구성하고 존재한다고 파악하였다. 세계는 다음과 같은 법칙에 따라 순환한다. 태초에 불이 있었으며 이후 공기, 물, 흙과 같은 다른 물질들이 생겨난다. 시간이 흐른 후 우주에 큰 화재가 일어나고 다시 모든 것이 불로 변한다. 기독교적 종말과는 달리 스토아학파의 세계는 법칙에 따라 일정한 주기로 생성과 소멸(불(火)로의 환원)을 반복한다. 특히 물질세계의 근원이자 이를 움직이는 단일한 힘을 강조했는데 이는 불, 영혼(pneuma), 로고스(logos), 이성(nous), 제우스(Zeus) 등으로 불렸다. 요컨대 스토아철학은 물질로 파악되는 세계와 이를 움직이는 신성인 힘을 일치시킨다(물질=세계=신적인 힘). 이는 자연만물과 신을 대립관계가 아니라 하나로 보는 범신론적 종교관이기도 하다.

③ 윤리학

스토아철학에서 가장 큰 비중을 차지하는 것은 윤리학이다.

세상(물질)과 신적 요소(이성)의 일치성을 강조하기 때문에 이들 학파에서 '자연을 따른다.'는 말은 '신의 뜻(이성)을 따른다.'는 의미로 해석되었다. 또한 신의 힘은 물질에 내재하는 것이고 그것은 개개인의 인간 내부에도 존재하기 때문에 인간은 본성상 이성적 존재이고 신의 법칙성을 인식하고 따른다. 요컨대 인간의 덕, 선, 행복, 자연을 따르는 삶은 이성과 동일하다. 이성을 거스르고 감정과 충동대로 살아가는 행위는 이 모두를 해치는 일이다. 올바름을 파악하려면 정념(충동, 감정)에 방해받지 않고 행동해야 한다. 스토아철학에서 금욕과 평정(아파테이아, apatheia), 현자를 강조하는 이유가 바로 이것이다. 그러나 키니코스(Kynikos)학파(흔히 견유학파(犬儒學派)라고도 함)가 가난, 노화, 예속 등 외적 요건에 대한 완전한 초탈을 강조한 것과는 달리 로마제국의 영향을 받은 스토아철학은 가족, 국가 등 일부 사회적 요건들과 그에 속하는 의무에 정당성을 부여했으며, 개인적 평정을 넘어 폭넓은 인간애와 정의를 추구했다.

차   례

I
배움에 대하여

1. 나는 할아버지 베루스(마르쿠스 안니우스 베루스(Marcus Annius Verus), 로마 총독·집정관·원로원 의원을 지냄)에게서 예절 바른 행실과 격한 감정을 다스리는 법을 배웠다.

2. 아버지에 대한 숱한 명성과 내 기억을 돌이켜보면, 나는 아버지로부터 겸양(謙讓)과 용기와 강인한 기질을 배웠다.

3. 내 어머니(도미티아 루킬라(Domitia Lucilla), 칼비시우스 툴루스의 딸)는 신을 공경하며, 남을 이해하는 넓은 도량을 가진 분이었다. 조용한 품성을 가진 어머니는 언제나 잔인한 말과 행동을 경계하셨는데, 사악한 행위뿐 아니라 그런 언행을 불러일으키는 악한 마음조차도 삼가셨다.

나는 그런 어머니에게서 부자들의 습성과는 거리가 먼 검약하는 생활 태도를 익혔다.

4. 내 증조부(카틸리우스 세베루스(Catilius Severus), 로마 총독·집정관) 덕분에 나는 일반 학교에 다니는 대신 훌륭한 교사를 집으로 초빙하여 배우게 되었고, 아울러 올바른 교육을 위해서는 돈을 아끼지 말아야 한다는 것도 알게 되었다.

5. 내 스승은 경기장에서 어느 한 편만을 일방적으로 응원하거나 그 일원이 되지 말라고 가르쳤다.

또한 어렵고 힘든 일을 피하지 말며 헛된 욕망을 줄이고, 원하는 것은 스스로 땀 흘려 성취하되 남의 일에 간섭하지 말며, 남을 비방하는 소리에 귀 기울이지 말라고 가르쳤다.

6. 디오그네투스(Diogenes, 마르쿠스에게 처음으로 스토아철학을 일깨워 준 철학자이자 화가)는 경솔한 일에 몰두하지 말 것, 주술이나 악귀를 좇는 미신을 믿지 말 것, 닭싸움 따위의 저급한 오락에 매달리지 말 것 등을 충고했다.

그의 충고를 좇아 나는 주위의 선한 언행에 귀 기울였고 철학을 가까이하게 되었으며, 나중에는 바키우스(Bacchius)와 탄다시스(Tandasis), 마키아누스(Marcianus) 등에게서 가르침을 받게 되었다.

그리하여 나는 어려서부터 말과 생각을 글로 쓰는 법을 익히고, 그리스의 철학자들이 행했던 것보다 더 엄격한 자기 수련의 방법을 배웠다.

7. 루스티쿠스(Rusticus, 마르쿠스의 친구, 마르쿠스에게 법률을 가르친 스토아학파 철학자)에게서는 마음을 수양하는 법을 배웠는데, 그는 공리공론을 꾸미거나 사변적인 회고록이나 쓰며 잘난 체하는 궤변론자들을 경계하라고 일렀다. 또 인격자인 양 자신을 내세우거나 과시를 위한 자선 행위, 혹은 수사학과 언어의 유희를 삼가고 집 안에 있을 때는 화려한 의상을 입지 말라고 충고해 주었다.

글을 쓸 때는 쉬운 문체로 써야 한다고 말했으며, 또한 언쟁을 벌이거나 무례하게 행동하여 사이가 나빠진 사람일지라도 그쪽에서 화해를 청한다면, 즉시 응해 줄 수 있는 너그러움을 가지고 금방 평정심을 되찾아야 한다고 말했다. 아울러 독서를 할 때는 피상적인 이해에 만족하지 말고 주의 깊게 정독할 것, 말 잘하는 사람에게 쉽게 설득당하지 않도록 경계할 것 등을 배웠다.

그는 또 자신이 아끼던 에픽테토스(Epiktetos)의 <담화록(Discourses)>을 내게 선물하여 기쁨을 안겨 주었다.

8. 나는 아폴로니우스(Apollonius, 마르쿠스의 철학교사이자 스토아학파 철학자)에게서 의지와 확고한 결심의 진정한 가치를 배웠으

며, 냉철한 의지 외에는 그 어떠한 것에도 의지하지 말아야 함을 깨달았다. 그는 불치병, 자식의 죽음 등 견디기 힘든 시련과 역경 속에서도 이성을 잃지 말아야 한다는 점을 역설했다.

또한 매우 격정적인 힘과 온전히 휴식할 수 있는 능력이 양립할 수 있음을 몸소 보여주었다. 그는 철학상의 여러 원리를 해석함에 있어, 자신의 경험과 학식은 사소한 가치밖에 되지 않음을 명확하게 자각하고 있는 사람이었다.

9. 섹스투스(Sextus, 마르쿠스의 철학교사이자 카이로네이아의 스토아학파 철학자)에게서는 사랑과 위엄으로 가정을 다스리는 법과 자연에 순응하며 사는 법, 자신을 다스리는 엄격함, 동료들에 대한 애정 어린 관심, 무지하고 무분별한 사고방식을 가진 이들에게 너그러운 관용을 베푸는 법 등을 배웠다.

섹스투스는 누구와도 쉽게 융화하는 성격으로 주위 사람들에게 늘 각별한 존경을 받았다. 그는 또 실생활에 필요한 처세술을 터득하여 그것을 조직적인 형식과 질서에 맞추는 재능도 두루 갖추었다.

그는 분노를 비롯해 어떠한 감정의 동요도 얼굴에 나타내지 않았다. 또한 항상 평온한 마음을 유지하고, 모든 감정에서 초월해 있으면서도 매우 다정다감했다. 누군가를 칭찬할 때는 과장이 없었으며, 단 한 번도 자신의 해박한 지식을 과시하는 일이 없는 고매한 인격의 소유자였다.

10. 문법학자 알렉산더(Alexander, 그리스인으로 호머의 주해서를 씀)에게서는 남을 헐뜯는 행위는 그릇된 것임을 배웠다.

그는 누군가 비속어나 문법에 어긋난 문장을 쓰더라도 그것을 비난하거나 헐뜯지 말고, 올바른 표현 방법을 암시하되 그 방법은 직접적인 말이 아닌 그 사실과 관련된 질문이나 답변 형식으로 해야 한다고 했다.

11. 나는 프론토(Fronto)*를 통해 시기심이나 이중심리 그리고 위선 등이 폭군의 일반적인 특징임을 알게 되었으며, 대체로 귀족 가문 출신들은 따뜻한 인간미가 결여되기 쉽다는 것도 알게 되었다.

* 마르쿠스 코르넬리우스 프론토(Marcus Cornelius Fronto) : 마르쿠스의 수사학 교사. 카토(Cato), 키케로(Cicero) 등과 대등하게 취급되었으며, 문학상 순수 어휘를 쓰는 키케로의 순수주의에 반대하여 일상어나 고시(古詩)를 다루어 새로운 표현 방법을 연구했다.

12. 플라톤학파의 알렉산더(Alexander, 마르쿠스의 그리스인 비서)는 내게 여러 면에서 모범이 되었다.

그는 시간이 없다는 말을 자주 하거나 쓸데없이 일 핑계를 대어, 주위 친지들에 대한 의무를 저버리거나 우정과 인간관계를 등한

시하는 오류를 범해서는 안 된다고 역설했다.

13. 나는 스토아학파인 카툴루스(Catullus)로부터 친구의 잘못을 발견했을 때 무심히 내버려 두지 말고 그 본래의 성품으로 돌아갈 수 있도록 도와줄 것과, 늘 스승을 존경하고 자녀들에게 진실한 사랑을 베풀 것 등을 배웠다.

14. 나의 형제 세베루스(Severus)*에게는 친척을 사랑하고 진리와 정의를 실천할 것을 배웠다. 세베루스는 모든 사람에게는 똑같은 법이 존재한다는 것, 즉 평등의 권리와 언론의 자유에 기초한 국가관을 가르쳐줬다. 아울러 통치자는 국민의 권익 옹호를 최대 관심사로 삼아야 한다는 것도 일깨워주었다.

또한 철학에 대한 일관된 입장과 선행을 베푸는 것의 중요성을 배웠다. 모든 일에 명료한 그는 자신이 못마땅하게 여기는 사람에게도 일부러 감정을 숨기지 않았다. 그래서 친구들은 그에 대해 구구한 억측을 할 필요조차 없었다.

* 클라우디우스 세베루스(Claudius Severus) : 마르쿠스에게는 형제가 없다. 그럼에도 그를 형제라고 부른 것은, 세베루스의 아들과 마르쿠스의 딸 안니아 아우렐리아 파딜라(Annia Aurelia Fadilla)가 결혼했기 때문인 것 같다.

15. 막시무스(Maximus)*는 자제력이 뛰어난 사람으로, 어떠한 경우라도 확고부동한 목표를 흩뜨리는 법이 없었다.

그는 몸이 아프거나 혹은 그 밖의 시련 속에서도 항상 밝은 표정을 지었고, 자신의 의지대로 옳다고 판단한 것은 묵묵히 실천해 나가는 모습을 보여주었다. 그는 다른 사람에게 악의를 품거나 범하는 일이 없었고, 놀라거나 두려움을 겉으로 드러내는 법이 없었다. 당황하거나 실망하지도 않았다. 또 거짓 웃음으로 고통을 포장하는 일도 없었고, 미심쩍은 일을 한 적도 없었다. 자비와 덕행과 용서에 인색하지 않았고, 모든 거짓에서 자유로웠다.

그러한 성품은 그가 수양을 쌓아서라기보다 그 자신이 '정의' 자체로 태어났기 때문이라고 생각될 정도였다.

* 막시무스(Tiberius Claudius Maximus) : 스토아학파의 철학자로 마르쿠스의 총애를 받았으며 집정관을 지냈다. 판노니아의 부총독, 아프리카 지방의 총독을 역임했다.

16. 온화한 성품의 아버지*는 매사 심사숙고하고, 한번 결정한 일은 단호하게 실행에 옮기는 불굴의 의지를 지닌 분이었다. 그는 노동을 사랑하고 명예 따위는 구하지 않았으며, 국가의 이익을 도모하기 위해서는 남자로서의 욕망을 억제하고 인내해야 한다고 가르쳤다. 또한 상벌을 줄 때는 그 공과에 따라 공정해야 하고, 상황에 따라 준엄할 것인지 관용을 베풀어야 하는지를

정하는 판단 기준은 무엇보다 경험이 바탕이 되어야 한다고 충고해 주었다.

아버지는 단 한 번도 자신이 다른 사람보다 우월하다고 생각하지 않았다. 그는 신하들에게도 식사 때나 멀리 출타할 때 갖춰야 할 절차의 번거로움을 면제해 주고, 설사 그것을 소홀히 한다고 해도 늘 변함없이 관대했다. 아버지는 친구들과 오래 사귀고 또 그들을 보호했으며, 싫증을 내거나 지나치게 애정을 남발하는 일이 없었다.

어떠한 경우라도 쾌활하게 행동하고, 모든 일은 미리 살펴 사소한 일이라도 빈틈없이 처리했으며, 세속적인 갈채나 아첨 따위에 흔들리지 않았다. 또한 대중 연설, 법률, 윤리학 등에 탁월한 재능을 지닌 인재들을 발굴하는 데 힘썼고, 그들에게 각자의 분야에서 명성을 얻을 기회를 주고자 노력했다.

그뿐 아니라 아버지는 국가 통치에 필요한 모든 일에 주의를 기울여 좋은 관리자가 되도록 힘썼으며, 정당한 행위로 인해 쏟아지는 비난에 대해서는 강인한 인내로 맞섰다. 그는 신(神)을 맹목적으로 신봉하지 않았으며 공연한 선심을 베풀어 민중의 환심을 사지 않았다. 국민을 위하는 척하면서 농락하는 일이 없었으며, 만사에 냉철함과 성실함으로 임했으므로 누구 앞에서나 당당했다.

반면 삶을 윤택하게 할 수 있는 행운이 주어지면 주저 없이 그 방법들을 선택했다. 새로운 것을 얻게 되었을 때는 어린아이처럼 천진난만하게 그 즐거움을 누렸으며, 그렇지 못할 때도 자유로움을 느꼈다. 따라서 그 누구도 그런 그를 궤변론자라거나 뿌리 없는 이상론자라고 비난할 수 없었다. 오히려 원숙하고 완성된 인격의 소유자로서 세상의 어떤 일도 성실하게 관리할 수 있는 사람이라고 인정했다. 그는 올곧은 철학자는 존경하는 반면, 위선적인 철학자들은 가차 없이 비난했다.

아버지는 건강에 많은 신경을 썼지만 그렇다고 해서 남달리 오래 사는 것에 연연하지는 않았으며, 외모에 대해서도 특별히 신경 쓰지 않았다. 또한 누구보다도 건강했기에 특별히 의사의 진료를 받을 필요가 없었다.

아버지에게는 비밀이 별로 없었다. 설혹 있다 해도 그것은 극히 드문 일로, 오직 국가의 안녕에 관한 것뿐이었다. 전시회나 관공서의 건축, 구호품 분배 따위의 행사를 주관할 때도 항상 신중하게 처리했으며 그런 행사 뒤에 따르는 찬사나 영광에는 관심이 없었다. 또 목욕은 정해진 시간 외에는 하지 않았고, 저택을 화려하게 꾸미는 일이나 먹는 음식, 입는 옷, 심지어 시중드는 여종의 미모에 대해서도 크게 관심을 두지 않았다. 그는 어떤 일을 행하거나 구상하더라도 늘 충분한 시간을 두고 임했기 때문에 모든 일을 내실 있고 질서 정연하게 처리할 수 있었다.

"많은 것을 소유하지 못하면 불안해하고 많은 것을 소유하면 오만해지는 세상 사람들과 달리, 소유했을 때는 적절히 이용하고 그렇지 못할 때는 절제할 줄 아는 능력을 지녔다."

이 말은 소크라테스의 기록에 있는 것으로, 그에게 꼭 들어맞는다. 자신의 의지력으로 절제와 향락을 다스릴 수 있다는 것은 그만큼 그의 영혼이 건강하다는 것을 입증하는 것이리라.

   * 여기서의 아버지는 친아버지인 안니우스 베루스가 아니라, 양아버지인 안토니누스 피우스(Antoninus Pius) 황제(재위, 138~161)를 가리킨다.

17. 나는 훌륭한 조부와 부모, 위대한 스승, 선량한 형제, 좋은 벗들이 있는 것에 대해 신에게 감사한다. 이들과 반목할 수 있는 기질을 지녔음에도 누구와도 평화롭게 지낼 수 있었던 것은 순전히 신의 은총을 입은 덕택이다. 또한 나는 한때 할아버지의 후처들 손에서 자랐는데, 그 기간이 짧게 끝나고 별다른 어려움 없이 성장할 수 있었던 것 역시 신의 도움이다.

더불어 감사하고 싶은 것은 하나밖에 없는 내 형제가 늘 곁에서 나를 각성시켜 주었으며, 따뜻한 관심과 사랑으로 내 가슴에 온기를 불어넣어 주었다는 점이다.

내가 수사학이나 시, 그 밖에 다른 학문에 깊이 빠져들지 않았던 것 또한 신의 은총이다. 만일 그러한 것들에 관한 연구가 쉽다고 생각하고 거기에 몰두했다면 많은 시간과 정열을 허비했을지도 모른다.

나는 내 스승들의 높고 낮음을 나이가 아닌 능력 기준으로 정했

26

는데, 그렇게 하도록 지도해 준 것 역시 신이다. 내가 아폴로니우스, 루스티쿠스, 막시무스 등과 사귈 수 있었던 것도, '자연스러운 삶'의 참된 의미를 알게 된 것도 모두가 신의 은총이다. 신의 은총과 도움이 없었더라면 나는 오늘날의 이 '자연스러운 삶'에 도달할 수 없었을 것이다.

또한 내가 이렇게 오래 살 수 있었던 것도 신에게 감사해야 할 일이다. 그리고 베네딕타(Benedicta, 하드리아누스 황제의 첩)나 테오도투스(Theodotus)와 별다른 연정에 연루되지 않은 것 역시 신의 은총이다. 루스티쿠스와는 자주 언쟁을 벌였지만, 가슴에 회한이 남을 정도로 실수를 한 적은 없었다. 어머니(도미티아 루킬라, 156년에 50세로 세상을 떠남)가 일찍 돌아가신 것은 불행한 일이지만, 돌아가시기 전 몇 년을 나와 함께 지낼 수 있도록 허락해 주신 것 역시 크게 감사할 일이다.

도움을 청하는 이들을 바로 도울 수 있는 능력이 내게 있었다는 점, 남에게 도움을 청할 필요가 없었던 점에도 늘 감사한다. 유순하고, 이해심 많고, 소박한 성격의 파우스티나(Faustina)를 아내로 맞게 해준 것에 대해서도 감사드린다. 또한 자식들(3남 3~4녀. 두 아들은 요절하고, 코모두스가 뒤를 이음)을 훈육할 훌륭한 스승을 만나게 해준 일, 내가 아팠을 때 꿈속에서 그 치료법을 일러주었던 일에 대해서도 감사 기도를 빠뜨릴 수 없다.

마지막으로 내가 철학에 심취해 있으면서도 궤변론에 흔들리지 않았다는 것, 논리학과 법학과 자연과학 등의 탐구에 많은 시간을 허비하지 않게 해준 것에도 감사드린다. 이런 모든 축복은 하늘과 운명의 도움 없이는 불가능하기 때문이다.

　　　－ 그라누아 강기슭, 콰디(Quadi)족의 마을*에서 씀.

　＊ 그라누아강은 다뉴브강의 지류로, 콰디인들은 그라누아강의 서방(체크슬로바키아)에 살고 있던 게르만 민족의 일부였다. 마르쿠스는 그들의 침입을 막기 위해 이곳에 원정 와서 이를 기록했다.

2
인생에 대하여

1. 아침에 눈을 뜨면 먼저 자신에게 이렇게 말하라.

"오늘 나는 침착하지 못한 자, 배은망덕한 자, 사기 치는 자, 오만불손한 자, 제 이익에만 눈먼 자들과 만나게 될 것이다."

그들의 그런 행동은 모두 선과 악에 대한 무지에서 비롯된 것이다. 그러나 나는 선의 고귀함과 악의 비굴함을 모두 보고 있으며, 악인들의 일반적인 본성 또한 알고 있다.

우리와 똑같이 이성과 신성을 부여받았다는 점에서 보면 악인들 역시 나의 형제이다. 따라서 나는 그들에게 분노할 수 없으며 싸울 수도 없다. 우리는 마치 양손이나 양발, 위아래 눈썹이나 위아래 치아처럼, 태어나면서부터 서로 공존하고 있기 때문이다. 그러므로 서로 경계하고 증오한다는 것은 자연의 순리에 어긋나는 일이며, 분노와 질시는 서로에게 해가 될 뿐이다.

2. '나'는 누구인가? 그것은 다만 보잘것없는 살덩어리와 한 줄기 호흡, 그리고 이것들을 지배하는 이성, 그것이 나의 정체이다. 지금 읽고 있는 책은 던져버려라. 더 이상 자신을 속이지 마라. 책은 당신을 구성하는 일부분이 될 수 없다.

죽음을 눈앞에 둔 사람처럼 당신의 육체를 무시하라. 육체를 이루는 피와 뼈와 신경 조직과 혈관을 잊어버려라. 호흡이란 한 가닥 공기에 불과하다. 항상 같은 공기가 아니라 매 순간 새로 들이마시고 토해내는 공기일 뿐이다.

인간을 지배하는 것은 이성이다. 이 점을 상기하라. 사리사욕에 빠져 이성을 노예로 만들지 마라. 꼭두각시처럼 반사회적인 행동에 자신을 옭아매고 조종당해서는 안 된다. 또한 오늘을 불평하고 내일을 한탄함으로써 자신을 운명의 노예로 전락시키지 마라.

3. 만물은 신의 섭리로 충만하다. 심지어 운명과 우연의 변화조차도 자연의 법칙에 해당한다. 우리 주위에서 일어나는 모든 일과 사물에는 반드시 필연이 존재하며, 그것은 우주의 섭리와 연계되어 있다. 당신 또한 그 우주의 일부분이다.

물론 전체의 자연이 초래하는 것 그리고 자연을 근간으로 하는 모든 것들은 자연의 각 부분에 있어 유익한 것들이다. 우주는 갖가지 변화로 유지되며, 이것은 기본 원소의 변화뿐 아니라 그 원소들이 합성되어 이루는 보다 큰 형체들의 변화도 포함된다.

이 같은 원리를 충분히 숙지하고 그것을 당신의 원칙으로 삼아

라. 책에 대한 갈망을 버려라. 그리하여 비탄에 빠져 고뇌하는 일 없이 편안히 신에게 감사하고 기쁘게 죽음을 맞이하라.

4. 우리는 오랜 세월 동안 신에게 수없이 많은 은총을 받아 왔다. 다만 그것을 알아차리지 못하고, 이용하지 못했을 뿐이다. 지금이야말로 당신 안에 있는 우주의 본성과 당신을 조종하는 지배자의 존재를 깨울 때다.

또한 당신에게 주어진 시간에 한계가 있음을 기억하라. 그리고 그 시간을 당신의 지혜를 증진시키는 데 활용하라. 그렇지 않으면 그 시간은 영원히 사라져 다시는 돌아오지 않을 것이다.

5. 매 순간 로마인의 한 사람으로서 또한 하느님의 자녀로서 자신에게 닥쳐올 모든 일을 정확하고 공정하게 그리고 위엄과 사랑으로 행하겠다는 결심을 새롭게 하라.

또한 여러 가지 잡념에서 벗어나도록 노력하라. 지금 이 순간을 마치 생의 마지막 순간인 것처럼 행동해야만 모든 잡념에서 해방 될 수 있다. 온갖 위선과 경솔함, 이성의 명령에 대한 감정적인 반항, 자기 과시, 자신의 운명에 대한 불평불만을 떨쳐 버려야만 스스로 위로하고 안정을 되찾을 수 있다.

신들의 경건한 생활처럼 매일매일 고요 속에서 생활하기 위해 명심해야 할 것은 아주 사소한 것들에 불과하다. 신들은 우리에게 그렇게 많은 것을 요구하지 않는다.

6. 당신의 영혼을 너무 학대하고 있지 않은가? 그러나 머지않아 당신 자신을 존중할 기회조차 사라지고 말 것이다.

모든 인간의 생명은 영원하지 않으며 그것마저도 끝나가고 있다. 그런데도 당신은 자신을 존중하지 않고, 오히려 타인의 영혼에 자신의 행복을 의탁하고 있다.

7. 당신은 주위에서 일어나는 온갖 복잡한 일들로 인해 마음이 혼란스러울 것이다. 그렇다면 우선 조용한 사색의 시간을 가져 선(善)에 대해 다시 한번 차근차근 생각해 보고, 혼란에 대한 초조감을 불식시켜라.

그리고 또 다른 오류에 대비하라. 왜냐하면 당신은 많은 일을 하느라 이미 지쳐 있으므로 그 어떤 노력도, 저항할 목적도 세우지 못할 수 있다. 따라서 이것처럼 어리석은 일은 없다는 것을 간과해서는 안 된다.

8. 다른 사람이 무슨 생각을 하고 있는가에 무관심하다고 해서 불행해지지는 않는다. 그러나 자신의 마음속 움직임에 주의를 기울이지 않는 사람은 반드시 불행해진다.

9. 항상 이것만은 가슴속에 간직하고 있어야 한다.

즉 우주의 본성은 무엇이며, 나의 본성은 무엇인가? 또한 이 둘은 서로 어떤 관계가 있는가? 나는 어떤 것의 일부분이며, 또한 어떤 것의 전체인가?

나는 자연의 일부이며, 자연을 좇아 말하고 행동하는 것을 방해할 자는 이 세상에 아무도 없다는 사실을 상기하라.

10. 인간이 저지를 수 있는 죄악에 관해 연구한 테오프라스투스(Theophrastus)*는 이렇게 말했다.

"욕망에서 비롯된 죄는 분노로 인해 저질러진 죄보다 더 비난받아야 마땅하다. 왜냐하면 분노로 인한 흥분은 어느 정도의 고통과 양심의 가책을 느끼지만, 욕망에서 생겨난 죄는 쾌감에 의해 좌우되어 훨씬 무절제할 뿐 아니라 정신력의 나약함에서 기인된 것이기 때문이다."

이 주장은 경험과 철학이 뒷받침해 준다. 이는 고통에 의한 죄는 어떤 부당한 처사에 대해 부지불식(不知不識) 간에 자제력을 잃고 행한 것이고, 쾌락에 따른 죄는 욕망에 대한 일시적인 충동이 악을 행하도록 부추김으로써 나타난 행동이기 때문이다.

* 테오프라스투스(B.C. 371~287) : 아리스토텔레스 철학을 전폭 수용한 소요학파에 속하며, 아리스토텔레스의 제자이자 후계자이다. 그의 주목할 만한 저술로는 <성격(Charaktēres)> 이 있다.

11. 만일 신들이 실제로 존재하지 않거나 존재하되 인간의 일에

는 도통 관심이 없다면, 신들도 신의 섭리도 없는 이 생활이 무슨 의미가 있겠는가? 그러나 신들은 분명 존재하고, 또 그들은 인간 세계를 다스린다. 또한 인간이 악의 구렁텅이에 빠지지 않도록 온갖 수단과 방법을 부여해 주었다.

그렇다면 인간을 악하게 만드는 것은 무엇인가? 대자연이 이같은 위험을 간과할 만큼 무지할 리 없으며, 혹 그렇다 해도 그것을 예방하고 교정할 능력은 충분할 것이다. 또한 우주가 능력 부족을 이유로 선과 악, 선인과 악인을 대치시키진 않았을 것이다.

분명 생(生)과 사(死), 명예(名譽)와 치욕(恥辱), 부(富)와 빈곤(貧困), 쾌락과 고통 등은 선인이나 악인 모두에게 올 수 있는 것들이다. 그러나 이런 것들은 인간을 격상시키지도, 격하시키지도 않는다. 따라서 선도 아니며 악도 아닌 것이다.

12. 만물은 얼마나 빨리 소멸하는가? 육신은 우주 속으로, 기억은 시간 속으로 순식간에 사라진다. 이렇듯 모든 사물이 생겨나고 사라지는 그 본질은 무엇인가?

쾌락으로 우리를 유혹하는 것들, 고통으로 우리를 위협하는 것들, 허영으로 우리를 혼란스럽게 하는 것들의 본질은 과연 무엇인가? 우리는 그런 것들이 얼마나 천박하고 저급한 것이며, 얼마나 가치 없고 덧없이 사라지는가를 직시해야 한다.

우리는 그럴듯한 말과 주장을 통해 명성을 구축한 사람들의 진가를 판별할 줄 알아야 하며, 또한 죽음의 본질을 꿰뚫어 봐야 한다.

우리가 죽음에 대해 진지하게 사색하고 막연히 떠오르는 공포심을 제거한다면, 죽음이란 하나의 자연 현상에 불과하다는 것을 깨닫게 될 것이다. 아니, 오히려 자연의 끝없는 번영과 순환을 위해 반드시 필요한 과정임을 인식하게 될 것이다.

13. 세상에서 가장 불행한 일은 신들의 창조물을 모두 이해하고자 하는 행위일 것이다. 땅속 깊숙한 곳까지 찾으려 들고 다른 사람의 비밀을 훔쳐보기 위해 기웃거리고 공상하는 사람들, 그런 사람들은 자기 마음속에 있는 성스러운 이성에 관심을 갖고 그 영혼을 충실히 섬기는 것이야말로 자기에게 꼭 필요한 일이라는 사실을 알지 못한다.

자신의 수호신인 이성을 섬긴다는 것은 자신에게 닥치는 모든 일의 욕망을 떠나 순결함을 보존하는 것을 말한다. 신의 행위는 그 우월성으로 인해 존경받아 마땅하고, 인간의 행위는 사랑과 인류의 평화를 위해 호의적으로 받아들이는 것이 마땅하다. 또한 선과 악을 모르는 인간의 무지는 흑백을 가르지 못할 만큼 가련한 상태이기 때문에 동정받아 마땅하다.

14. 당신이 만약 3천 년, 혹은 3만 년을 산다 해도 잃는 것은 현재 당신이 영위하는 순간의 삶이며, 소유할 수 있는 것도 지금 그 순간의 삶임을 명심하라. 그것이 긴 인생이든 짧은 인생이든

마찬가지이다. 지금 우리를 스쳐 지나는 이 순간은 만인에게 공통된 소유물이며 잊히는 것 또한 한순간이기 때문이다.

인간은 과거나 미래를 잃을 수 없다. 현재 갖고 있지 않은 것을 잃거나 빼앗길 수 없기 때문이다. 어떻게 갖지도 않은 것을 잃어버린단 말인가!

그러므로 다음의 두 가지를 명심해야 한다.

첫째, 영원에서 전해지는 만물은 윤회(輪迴)를 거듭하는 것이어서 설사 당신이 그 순환을 100년, 200년, 아니 무한한 세월을 두고 봐도 아무런 차이가 없다.

둘째, 가장 오래 산 사람이나 태어나자마자 죽은 사람이나 죽는다는 사실은 변하지 않는다. 왜냐하면 인간이 상실할 수 있는 것은 현재뿐이기 때문이다. 소유하지도 않은 것을 잃는 사람은 아무도 없지 않은가.

15. 일찍이 모니무스(Monimus)*는 이렇게 갈파했다.

"모든 사물은 그 사물에 대해 인간이 갖는 견해, 즉 관념에 의해 결정된다."

설령 반론이 있다 해도, 이 말의 진리에 해당되는 부분을 교훈으로 받아들인다면, 어느 정도의 가치는 발견할 수 있다.

* 모니무스(Monimus) : 디오게네스의 제자. '만물은 공허하다.'는 그의 말은 메난드로스(Menandros)의 시에 인용되었다.

16. 인간의 이성이 자신을 해친다는 것은 이성이 이성 자체를 손상시키는 것이다. 즉 우주의 한 종양이 되는 것으로, 자연의 한 부분에 속해 있으면서 그러한 환경과 투쟁하는 것은 우주를 향한 반란이기 때문이다.

자연은 개별적인 것들의 모든 본성을 내포하고 있다. 이성이 스스로 상처를 입히는 두 번째는 어떤 사람을 배격하거나 악의적으로 반목하는 경우이다. 세 번째는 이성이 쾌락이나 고통으로 인해 자제력을 잃는 경우이며, 네 번째는 일을 행함에 있어 성실성 없이 건성으로 움직이는 경우다. 마지막은 이성이 이렇다 할 목표도 없는 상태, 즉 어떤 사고나 분별력 없이 무모하게 정력을 쏟아 붓는 경우다.

아무리 사소한 일일지라도 목표를 세우고 실천에 옮겨야 한다. 가장 합리적인 사고력을 가진 인간만이 그 목적을 가질 수 있으며 그것은 곧 정치, 법률 및 이성에 따를 때만 가능하다.

17. 무한한 시간 속에 한 인간이 차지하는 인생이란 순간에 불과할 뿐이며, 그의 존재는 끊임없이 윤회한다. 또한 그의 깨달음은 우둔하고 혼탁하며, 그의 육신은 이내 썩어 없어질 운명을 지니고 있다.

운명은 전혀 예측할 수 없고, 영혼은 한 줄기 회오리바람과 같다. 다시 말해 육신에 속한 모든 것은 굽이치는 물결이고, 영혼에 해당하는 것은 꿈과 환상과 신기루에 지나지 않는다. 삶은 하나의 전투이며 후세에 남는 명예란 망각일 뿐이다.

그렇다면 이 무기력한 인간을 깨우치고 인도할 힘은 과연 어디에 있는가? 그것은 오직 하나, 바로 철학이다. 그렇다면 철학자가 된다는 것은 무엇을 의미하는가?

그것은 자기 정신과 영혼 속에 신성을 안치하고, 그것을 모독하거나 해치는 일 없이 욕망과 쾌락을 초월하여 행동하고, 거짓과 위선을 행하지 말며, 행동이나 의사에 흔들림이 없는 것이다.

또 정해진 모든 운명이 자신과 같은 원천에서 나온 것임을 자각하고, 무엇보다도 모든 생물이 그 구성 분자로 환원하는 것에 불과한 죽음마저 인정하고 받아들일 수 있어야 한다. 죽음은 각 생물을 구성하는 원소의 분해 작용이다. 그것은 자연의 한 현상이고, 자연에 종속되어 있는 것이므로 두려움 없이 받아들여야 한다.

— 카르눈툼*에서 씀.

* 카르눈툼(Carnuntum) : 도나우강 상류 국경 지역에 있던 고대 로마의 가장 중요한 레기온(군단) 주둔지.

카르눈툼은 106년 상판노니아 속주의 주도가 되었고, 여기서 마르쿠스 아우렐리우스 황제가 마르코만니족과 전투를 벌이면서(171~173) <명상록>의 제2권을 썼다.

3
운명에 대하여

1. 우리의 생명이 나날이 꺼져간다는 사실 외에 또 다른 사실 하나를 간과해서는 안 된다. 즉 어떤 사람의 생명이 얼마간 더 연장된다 하더라도, 과연 사고력이나 이해력이 그대로 남아서 사물을 뚜렷이 식별하고 신과 인간을 이해하는 데 필요한 사색 능력을 계속 유지할 수 있느냐 하는 것이다.

노령기에 접어들더라도 신체적 배설작용이나 식욕, 상상력 등에는 크게 이상이 생기지 않는다. 그러나 자신의 능력을 발휘하는 힘, 의무를 정확하게 수행하는 힘, 주변에서 일어나는 모든 문제를 판단하는 힘, 최후의 순간을 분별하는 힘 그리고 그동안 숙련시킨 이성의 기능은 쇠퇴하기 마련이다. 그러므로 서두르지 않으면 안 된다. 우리는 매일매일 죽음을 향해 걸어가고 있으며, 동시에 사물에 대한 개념이나 이해력은 점점 쇠약해져 가기 때문이다.

2. 기억해야 할 것은, 자연의 섭리로 일어나는 모든 현상 속에는 신의 은총이 숨어 있다는 사실이다.

예를 들어 오븐에 빵을 구울 때 빵의 표면이 갈라지는 현상이 나타나는데, 이것은 기술적으로 의도한 바는 아니지만 일종의 아름다움으로써 식욕을 돋우어 준다. 또한 잘 익어 벌어진 무화과, 썩기 직전의 올리브도 아름다움을 한층 더한다. 고개 숙인 벼 이삭, 사자가 인상을 쓸 때 생기는 주름, 멧돼지의 콧김⋯⋯. 그 자체만 놓고 보면 그다지 좋아 보이지 않지만, 이 역시 자연의 또 다른 과정으로서 독특한 아름다움을 지닌 것들이며, 우리는 그러한 것들에서 삶의 희열을 느끼게 된다. 이처럼 우주의 신비한 활동으로 생성된 모든 것을 깊은 통찰력과 애정 어린 시선으로 바라본다면 무엇 하나 즐겁지 않은 것이 없다.

자연의 아름다움을 즐길 줄 아는 사람은 맹수의 으르렁거리는 주둥이도 화가나 조각가의 작품을 보듯 찬탄의 눈으로 바라볼 것이며, 청춘 남녀의 열정적인 사랑뿐 아니라 나이 들어 쭈글쭈글해진 노인의 주름살에서도 일종의 원숙미를 찾아낼 수 있을 것이다.

물론 모든 사람이 그런 모습에서 매력을 느끼는 것은 아니다. 자연과 그 자연의 산물에 대해 진실로 애착을 갖고 바라보는 사람만이 깊은 감명을 느끼는 것이다.

3. 히포크라테스(Hippocrates)*는 많은 사람의 병을 치료해 주었지만 정작 자신은 병에 걸려 죽었다. 칼데아(Chaldea)의 점성

술사 역시 많은 사람의 죽음을 예언했지만 정작 자신의 운명은 알지 못했다. 폼페이우스, 시저, 알렉산더는 수많은 도시를 함락하고 수십 만의 기병과 보병들을 죽였지만, 결국 그들도 죽고 말았다. 헤라클레이토스(Heraclitos)*는 불로 이루어진 우주에 대해 끊임없이 명상했으나, 자신은 수종에 걸려 물이 가득 찬 몸뚱이로 죽어갔다. 우주의 궁극 요소는 원자이며, 원자는 무수히 많고 파괴할 수 없으며 더 이상 나눌 수도 없다고 주장한 데모크리토스(Demokritos)*도 죽었고, 소크라테스(Socrates)는 처형당했다. 그렇다면 이 사실들은 무엇을 의미하는가?

당신은 이미 배에 올라탔다. 항해는 시작되었고, 당신은 지금 피안(彼岸)에 도착해 있다. 인제 그만 하선하라. 만약 당신이 또 다른 저승의 세계로 들어가는 것이라면, 그곳에도 마찬가지로 신들이 존재할 것이다. 이때 배는 이승에 머무는 형체, 즉 육신을 말하고, 배에서 내림은 그 육신과의 이별을 의미한다.

당신은 결국 무감각한 상태로 돌아갈 것이다. 이미 고통이나 쾌락에 사로잡혀 있지 않고 또한 육신이라는 형체에 갇힌 노예 상태에서도 벗어나 있을 것이다. 형체라는 것은 영혼의 우월함에 비하면 매우 저급한 것이다. 영혼은 지혜이며, 이성이고 신성인데 반해, 형체인 육신은 흙이며 부패(腐敗)이기 때문이다.

* 히포크라테스(Hippocrates) : B.C.460~377.
'의학의 아버지' 혹은 '의성(醫聖)'이라고 불리는 고대 그리

스의 의사이다. 히포크라테스 선서는 고대 그리스의 의사였던 히포크라테스가 말한 의료의 윤리적 지침으로, B.C. 5세기에서 4세기 사이에 기록되었다고 알려져 있다. "인생은 짧고, 예술은 길다." 유명한 이 말도 사실은 히포크라테스 총서에 등장하는 구절이다.

히포크라테스학파의 이론에 따르면 '건강은 4체액이 조화를 이룬 상태'이다. 질병은 이들의 균형이 깨졌을 때 나타나며, 잘못된 체액의 균형은 자연스럽게 회복하거나 지나치게 많아진 체액이 정해진 시간에 배설되면 병이 낫는다고 생각했다.

* 헤라클레이토스(Heraclitos) : B.C.540~480. 그리스의 철학자. 이오니아학파의 대표자. 스토아학파에 영향을 주었다.

불을 만물을 통일하는 근본 물질로 보고, 만물은 모두 유전(流轉)한다고 하였다. 또한, 세계란 한 방향의 변화와 그와 대응하는 다른 방향의 변화가 궁극적으로 균형을 이루는 정합적인 체계로 존재한다고 주장했다.

로고스(logos)의 원리를 설파한 그는 만물들 사이에는 숨겨진 연관이 있으며, 서로 반대되는 것의 관계를 이해함으로써 세계의 혼란스럽고 다양한 성격을 극복할 수 있다고 주장했다.

* 데모크리토스(Demokritos) : 그리스의 철학자. 플라톤 후

기부터 알려져 아리스토텔레스 때에 중요시된 인물. 우주는 무한한 원자들의 다양한 결합으로 형성되었다는 원자론을 주장, 근세 물리학의 발전에 결정적인 영향을 주었다.

4. 국가나 사회에 이익이 되는 일이 아니라면 굳이 다른 사람의 일에 신경 쓸 필요가 없다. 그가 무슨 생각으로 그런 말을 하는지, 어떠한 목적을 이루려고 하는지 등 잡다한 사념에 사로잡히다 보면 다른 일을 할 많은 기회를 잃게 된다. 즉 자기 내면의 '통치자'에 대한 충성심을 분산시키는 역효과를 내게 되는 것이다.

마음속의 잡념을 없애기 위해서는 떠오르는 여러 가지 생각들을 지우고, 맹목적이며 단순한 호기심에 의한 감정 따위에 휩쓸리지 않도록 조심해야 한다. 그리고 누군가 갑자기 "당신은 지금 무슨 생각을 하고 있는가?"라고 물었을 때도 정확하게 "나는 이런 생각을 하고 있다."라고 대답할 수 있도록 항상 사고하는 습관을 길러야 한다.

욕망과 쾌락으로 괴로워한다거나 시기와 질투, 경쟁심 따위를 갖는 일 없이 언제든 마음속의 것을 말해야 할 때는 얼굴 붉히지 않을 수 있는 것들만 생각해야 한다. 그래야만 말과 행동이 당당해질 수 있다. 이런 사람이 보다 높은 이상을 갈망하기로 마음먹는다면 그야말로 신의 사제요, 종복이 될 것이다. 왜냐하면 그는 쾌락에 의해 더럽혀지지 않고, 어떤 고통에도 능욕당하는 일 없이 자신의 본성을 유지할 수 있는 내면의 힘을 가졌기 때문이다.

그런 사람이야말로 가장 당당하고 숭고한 싸움의 투사이며, 일체의 격정에 휘말리지 않고 자신의 운명에 할당된 것을 유유히 누리는 자이다. 또한 그러한 사람은 정의감에 불타 있으며, 자신에게 닥쳐올 운명을 기꺼이 받아들이고 주위의 온갖 사념에서 벗어날 수 있다.

그런 사람은 우주라는 직조물 속에서 자기 자신만의 특정한 실을 찾아내어 자신의 관심사에서만 능력을 발휘한다. 또한 자신의 행동이 명예로운 것이 되도록 항상 노력하며, 자신에게 일어나는 일은 모두 유용한 것이라고 확신한다. 왜냐하면, 그를 이끄는 운명은 보다 높은 곳에서 지시를 받기 때문이다. 또한 그는 모든 인간이 자신의 동료이며, 그들을 생각하고 돌보는 것이야말로 인간으로서의 당연한 의무라는 것을 잊지 않는다.

그뿐 아니라 자신이 추구해야 하는 것은 세상 사람들의 평판이나 여론이 아니라 자연의 원리에 순응하며 살아가는 선인의 길이라는 것을 잊지 않는다. 반면 자연에 순응하며 살지 못하는 사람들에 대해서는 '집 안팎에서의 생활은 어떠한가, 밤과 낮의 생활은 어떠한가, 인품은 어떠한가, 어떤 종류의 인간이며, 또 친구들과 어울려 올바르지 못한 삶을 살고 있지는 않은가?' 등을 항상 염두에 둔다. 왜냐하면, 그런 사람들은 대개가 스스로에게조차 만족하지 못하므로, 그들의 찬사 따위에는 아랑곳하지 않기 때문이다.

5. 마음에서 우러나는 행동을 하되, 항상 공공의 이익을 감안해라. 충분히 숙고하여 움직이되, 감정 속에 가식과 지나친 기교를 가미하지 마라. 말 많은 사람이 되지 말 것이며, 자신과 무관한 일에 연루되어 자신을 망치지 마라.

자기 내면의 신이 남자답고 성숙한 개체, 로마 시민, 정치가, 국가지도자로서 직분을 지키는 데 최선을 다하게 하라. 그리하여 인생이란 전쟁터에서 퇴각 명령을 기다리며 자신의 위치를 고수하되, 결코 죽음을 두려워하지 마라.

자기 입으로 공적을 말하거나 남이 그 공적을 알아주기를 바라지 마라. 또한 외부의 도움을 청하지 말고, 타인에게서 마음의 평정이나 위안을 바라지도 마라. 반드시 스스로 일어서야 하며, 절대 타인의 부축을 받아서도 안 된다.

6. 만일 당신이 정의, 진리, 절제, 강직, 용기보다 더 훌륭한 것을 만나게 된다면, 즉 이성에 따라 행동하는 데서 오는 마음의 평화보다 더 좋은 것을 만나게 된다면 당장 그것에 온 정신을 쏟고, 그렇게 함으로써 누릴 수 있는 쾌감을 향유하라.

그러나 만일 당신의 내면에 머물면서 온갖 욕망을 조절하고 인생 전부를 비판 검토해보아도 신에게 귀의하여 인류를 염려하는 그 신성보다 나은 것이 하나도 발견되지 않는다면, 당신은 그 어떤 것도 추종해서는 안 된다.

만약 다른 방향으로 향하게 되면, 본래 당신의 소유인 선함에 몰두할 수 없다. 대중의 칭찬이나 권력, 부나 쾌락 따위도 당신의 합리적이고 선한 이성에는 미칠 수 없다. 물론 얼마 동안은 그것들이 잘 순응하는 듯 보이겠지만, 실제로는 순식간에 지배력을 가져 우리를 압도해 버리고 말 것이 분명하다.

지금 당장 당신이 가장 고귀하다고 믿는 이상을 선택하여 그것에 몰두하라. 그리고 최후까지 그것을 고수하라!

7. 무리하게 약속을 깨뜨리게 하거나, 자존심을 잃게 하거나, 타인을 증오하게 하거나, 의심케 하거나, 저주케 하거나, 위선을 행하게 하는 등의 모든 욕망에서 얻어지는 이익을 중요시하지 마라.

마음속 신성을 존중하는 사람은 꾸밈이 없고, 불평하지 않으며, 쓸데없는 고독을 자초하지 않고, 대중과 휩쓸리는 일은 바라지 않는다. 또 무엇보다도 죽음을 두려워하지 않는다.

그는 그렇게 함으로써 자신의 영혼이 육체 안에 깃들어 있는 시간에 대해서도 초조해하거나 안타까워하지 않는다. 가령 지금 당장 세상을 떠나야 한다고 해도, 그는 보통의 일상적인 일을 행하는 것처럼 태연하게 죽음을 맞이할 것이다.

또한 그의 유일한 관심사는, 평생 자신의 이성이 문명사회의 지적·사회적 동물로서 벗어나는 행동을 하지 않도록 조심하는 것뿐이다.

8. 부단히 단련되고 정화(淨化)된 인간의 정신 속에는 부패된 것이나 부정한 것, 상처 따위는 발견되지 않는다. 또한 운명은 그러한 인간의 생명을 완성하기 전에 회수하지도 않는다. 그것은 배우가 연기를 다 끝내지 못한 채 무대를 내려가는 것과 같기 때문이다.

그뿐 아니라 그의 마음속에는 추호의 비굴함이나 허식이 없으며, 남에게 의지하지도 않고 남을 멀리하지도 않는다. 다른 사람에게 비난 살 일도, 숨을 곳을 찾을 필요도 없기 때문이다.

9. 스스로 독자적인 의견을 만들어 낼 수 있는 당신의 능력을 존중하라. 당신의 이성은 그것이 있어야만 자연과 인간의 이상적인 본성에 위배되는 관념의 창출을 중지할 수 있다.

또한 경솔한 판단을 금지시키고, 훌륭한 인간관계를 유지할 수 있으며, 나아가 하늘의 의지에 순종할 수 있게 된다.

10. 인간은 쏜살같이 지나가는 현재의 이 순간 속에서만 존재하는 것이다. 나머지 인생은 그저 사라져버렸거나 아니면 아직 불확실할 뿐이다.

이 같은 인간의 삶은 순간에 불과하며 각자가 영위하는 지상의 공간 역시 비좁기만 하다. 생명은 지구의 한구석에 숨어 사는 보잘것없는 난쟁이에 불과하며 그 생명도 곧 꺼져갈 것이다.

그리고 가장 뒤늦게까지 이곳에 머물 사후의 명성 역시 짧고 허망하기는 마찬가지다. 그뿐 아니라 이것을 이야기하는 사람들도 언젠가는 죽고 만다. 또한 그들은 자신의 일조차 알지 못하는 가엾은 족속이므로 이미 과거에 죽은 사람들의 일 따위를 알 리가 없다.

11. 어떠한 대상이 당신의 마음속에 들어왔을 때, 그것에 대한 정신적 정의를 내리거나 적어도 그 윤곽만이라도 파악해야 한다.

그것이 어떤 종류의 사물이며 그 본성과 실제 모습, 그것을 이루는 원소의 정체, 그 원소가 분해되고 다시 환원하는 과정을 확인하라. 당신 혼자의 힘으로 말이다. 왜냐하면 인간이 자신의 이성을 발전시키는 데 있어 매우 유효한 방법은 삶을 통해 제시되는 하나하나의 대상을 자세히 검토하고 음미하는 것이기 때문이다. 그리고 여러 사물을 관조하는 데 있어 다음의 사실을 염두에 두지 않으면 안 된다.

즉 전체로서 이 우주는 어떤 성질을 가지고 있는가? 우주 가운데 나타나는 사물의 효용 가치는 어떤 것인가? 각각의 사물이 전체와 관련해 갖는 가치는 무엇인가? 또 세계의 모든 도시를 내 집처럼 포용하는 로마의 한 시민으로서의 당신에게 각 사물과 인간은 어떤 의의를 갖는가? 각 사물의 본체와 그 구성은 어떠한가? 혹은 그 성질을 얼마나 오래 지속시킬 수 있는가? 또한 나는 어떤 덕성을, 예를 들면 부드러움, 강직함, 정직, 진실, 충성, 만족 중 어떤 것을 가져야 할 것인가?

어떤 경우이든 인간은 이렇게 말하지 않으면 안 된다. 이것은 신에 의한 것이다. 혹은 운명이 부여한 것으로, 복잡한 거미집의 줄 한 가닥과 같은 우연의 일치일 뿐이다. 그러므로 우리는 이 모든 것을 자연의 법칙에 따라 관용과 정의를 갖고 신의로써 대해야 한다.

12. 한순간도 이성을 잃지 않도록 경계하며, 언제라도 자신의 신성을 반환하지 않으면 안 될 것처럼 항상 정신을 순수하게 유지하면서 매사에 열정적으로 임하라.

무엇을 기대하거나 두려워하지 말고, 단지 자연의 본성에 순응하며, 임무를 이행하고, 모든 언행에 있어 진실을 추구해 나간다면 당신의 인생은 행복해질 것이다. 또한 이 세상 그 누구도 당신을 방해하지 못할 것이다.

13. 의사들이 위급한 환자들을 위해 늘 진료 도구를 준비해 놓듯이 당신도 신과 인간의 이해를 얻기 위해 늘 당신만의 원칙을 갖고 있어야 한다.

아무리 보잘것없는 행위일지라도 항상 이 점을 명심하라. 왜냐하면 인간에 관한 그 어떤 일도 신의 섭리를 벗어나 수행될 수 없으며, 그 반대의 경우도 마찬가지이기 때문이다.

14. 더 이상 자신을 그릇된 길로 인도하지 마라. 그렇게 되면

지나간 로마인이나 그리스인의 전설적인 기록들, 노년에 읽기 위해 간직해 둔 훌륭한 저작들도 더 이상 읽지 못할 것이다.

이제 종말을 준비하라. 무익하고 나태한 희망을 버려라. 그래도 자신을 아끼는 마음이 조금이라도 남아 있다면, 아직 그 능력이 남아 있을 때 건강을 돌보면서 눈앞의 일들을 서둘러 마무리 짓도록 하라.

15. 사람들은 '훔치거나', '씨앗을 뿌리거나', '무엇을 사거나', '평화로워지는 것' 혹은 '어떤 일에 대한 의무'와 같은 말들의 의미를 제대로 알지 못한다. 그것은 전혀 다른 종류의 통찰력에 의해 파악되기 때문이다.

16. 인간의 육체는 감각을 위해 존재하고, 영혼은 행동의 욕망을 위해 존재하며, 이성은 모든 기능과 원칙을 위해 존재한다.

감각, 즉 외관에 의해 여러 가지 형태의 개념을 파악하는 능력은 가축들에게도 있다. 욕정의 충동에 이끌리는 것은 야수에게도 동성애자에게도, 네로(Nero)나 팔라리스(Phalaris)* 같은 자들에게도 있다. 또한 이성은 신을 부정하고, 조국을 배반하고, 온갖 불결한 행위를 일삼는 자들에게도 동등하게 부여된 것이다.

이와 같은 것은 모든 사람에게 공통된 것이지만, 선인에게는 그만의 독특한 것이 따로 존재한다. 그것은 운명이 예비해 놓은 모든 경험을 기꺼이 받아들이며 그것에 만족하는 것이다.

또한 마음속에 깃든 신성을 모독하거나 옳지 못한 온갖 관념들로 인해 마음을 어지럽히거나 방해하지 않으며, 진리에서 벗어난 일은 일절 관여하지 않고, 또한 정의와 대립되는 일은 절대 하지 않는 것이다.

그리고 단순하고 소박한 삶을 살아간다는 이유로 남들이 불신하더라도 절대 분노하지 않으며, 자신의 운명이 다할 때까지 조금도 흔들림 없이 나아간다. 그리하여 생(生)과의 작별을 주저하지 않고 운명이 정해준 수명과 완벽하게 조화를 이루는 것이다.

* 팔라리스(Phalaris) : B.C. 6세기경 시칠리아섬의 도시국가인 아크라가스의 폭군. 무력으로 선왕을 몰아내고 왕위에 오른 그는 왕위를 지키려고 많은 사람의 목숨을 빼앗았다.

어느 날 그는 아테네의 유명 조각가 페릴라우스를 불러 모두가 자신에게 꼼짝 못 할 물건을 만들어오라는 명령을 내렸고, 페릴라우스는 사람을 가둬 죽이는 잔인한 형벌 도구인 놋쇠 황소를 만들어왔다. 이후 팔라리스는 수많은 사람을 놋쇠로 만든 황소에 넣고 불태워 죽였는데, 그 첫 번째 희생자가 바로 황소를 만든 페릴라우스였다.

팔라리스는 B.C. 554년에 폭정에 시달리던 사람들에 의해 왕좌에서 쫓겨나게 되었는데, 사람들은 그를 놋쇠 황소에 가둔 채 불태워 죽였다고 한다.

4
죽음에 대하여

1. 인간을 다스리는 내면의 힘이 자연의 순리를 따르고 있다면, 그것은 항상 환경에 의해 생기는 기회와 가능성에 쉽게 순응하는 것이다. 그 힘은 특정 재료를 요구하지 않고, 다만 정해진 목표를 이루기 위해 기꺼이 타협할 것이다.

그 힘은 앞을 가로막는 장애물도 전환시켜 자신에게 유익한 재료로 삼는다. 그것은 마치 던져진 장작더미를 집어삼키는 모닥불과 같아서, 작은 불꽃이라면 이내 꺼져버리겠지만 강한 불일 경우에는 그 물체를 사르고, 그로 인해 불꽃은 더욱 크게 타오를 것이다.

2. 어떠한 행위라도 뚜렷한 목적 없이 아무렇게나 해서는 안 되며, 그 일을 수행하는 데 꼭 필요한 원리 원칙을 무시해서도

안 된다.

3. 많은 사람이 시골이나 바닷가, 또는 깊은 산중에 은둔해 살기를 바란다. 당신 역시 이런 욕망을 갖고 있을 것이다. 그러나 이런 것은 지극히 평범한 사람들에게만 필요한 것일 뿐 철학을 실천하는 사람에게는 부질없는 것이다. 왜냐하면 철학을 실천하는 사람은 자신이 원하기만 하면 언제든 그 자신 속으로 은둔할 수 있기 때문이다. 이 세상에 자기 자신의 영혼 속보다 더 조용하고 평온한 은신처가 어디 있겠는가.

특히 정신적인 여유를 가진 사람들은 조금만 노력하면 즉시 마음의 평온을 유지할 수 있다. 마음의 평온이란 잘 정리된 정신과 같으므로, 마음속으로의 은둔을 자주 활용하여 스스로를 쇄신시키려는 노력이 필요하다.

또한 삶의 원칙들은 지극히 간결하면서도 모든 기본적인 것들을 포괄하는 것이어야 한다. 그렇게 되면 그 원칙들을 떠올리는 것만으로도 영혼은 즉시 정화될 것이고, 아무런 불평불만 없이 스스로 돌아가야 할 곳으로 갈 수 있게 될 것이다.

당신의 불만은 대체 무엇인가? 인간들의 사악함인가?

그런 생각이 조금이라도 든다면 이성을 지닌 모든 동물은 서로 돕기 위해 창조되었다는 원리를 상기하라. 인간은 고의적으로는 악행을 범하지 않으며, 서로 참는 것이 곧 정의라는 사실을 곱씹어라. 또한 수많은 사람이 품었던 적개심, 증오, 의심, 원한, 갈등 등을 상기해보라. 그런 것들을 품었던 인간은 이미 먼지나 재와 더불어 사라져버리고 없지 않은가!

우주로부터 위임받은 당신의 위치가 너무 작아서 불만인가?

그럴 때는 더할 수 없이 높고 순수한 섭리가 아니라면 단 한 개의 원자도 존재하지 않는다는 명제를 다시 한번 상기하라. 그리고 더 이상 불평하지 말고 침묵하라.

질병이 당신을 괴롭히는가?

그렇다면 이성이 육신과 분리되어 스스로 그 힘을 인식하고, 육신의 호흡이 순조롭든 거칠든 아무 관계가 없음을 상기하라. 즉 고통과 쾌락에 대해서는 그동안 당신이 습득한 모든 것을 떠올리면서 괴로워하지 말고 침묵하라.

명성이란 괴물이 당신을 괴롭히는가?

그렇다면 보라, 세상의 모든 사물은 얼마나 빨리 잊혀지는가를! 그리고 현재의 앞뒤로 펼쳐진 영원이란 심연을 상기하라. 갈채의 메아리는 얼마나 공허하고, 열광하는 자들은 또 얼마나 무분별하고 변덕스러운가? 또 그 찬사가 미치는 공간은 얼마나 협소한가? 이 세계는 단지 하나의 점에 불과하며, 우리가 사는 곳은 그 점 안의 미세한 한 귀퉁이에 지나지 않는다. 그 안에 당신을 찬양하는 사람이 얼마나 있겠으며, 그들은 또 얼마나 보잘것없는 존재들인가?

무엇보다도 당신의 마음을 불안, 긴장, 부담으로 몰아넣어 혼미한 상태에 빠지거나 편협하게 굴지 마라. 다만 한 인간으로서,

언젠가는 죽어야 할 숙명을 지닌 피조물로서 인생을 관조할 수 있어야 한다. 그런 후 항상 명심해야 할 다음의 두 가지 진리를 생각해라.

첫째, 외적 존재인 주위의 사물은 우리의 영혼에까지는 이르지 못한다는 것을 명심해라. 왜냐하면, 우리 마음의 동요는 오직 내면의 관념에 의해서만 생겨나기 때문이다.

둘째, 지금 당신이 바라보는 눈앞의 모든 사물은 순식간에 변하는 것으로 곧 사라져버릴 것이다. 그와 마찬가지로, 당신도 그 수많은 변화의 한 부분을 차지하고 있음을 잊지 마라.

4. 인류가 보편적으로 사고하는 힘을 가지고 있다면, 이는 이성을 소유하고 있다는 말과 같다. 이것은 우리를 이성적인 창조물로 만들어 주고, 이성은 우리에게 상대방을 인식하게 도와준다. 그러므로 세상의 법칙이 존재하는 것이다. 이것은 또한 우리 인간은 모두 동료이고, 공통된 시민권을 소유하고 있으며, 전 세계는 하나의 도시라는 사실을 일깨워준다. 이렇듯 모든 인간애를 포괄하는 시민권을 그 어디에서 얻을 수 있겠는가.

바로 여기에서부터 정신, 이성 그리고 도덕과 법을 비롯한 세계의 조직이 생겨난다. 그게 아니라면 어디에서 생겨난단 말인가?

인간의 몸을 이루는 흙은 지구를 구성하는 흙으로부터 주어진 것이며, 인체의 수분과 호흡 역시 지구의 또 다른 요소로부터 주어진 것이다. 마찬가지로 우리가 지닌 정신의 원천 또한 어딘가에 존재할 것임이 틀림없다.

5. 탄생과 마찬가지로 죽음 역시 자연의 한 신비이다. 탄생할 때 결합되었던 원소들이 분해되면 그것이 바로 죽음인 것이다. 따라서 삶과 죽음에 관한 어떠한 것도 수치스럽게 생각할 필요가 없다.

왜냐하면 그것은 이성이 부여된 인간의 본질에 어긋난 것이 아니며, 결코 창조의 섭리에도 반하는 것이 아니기 때문이다

6. 인간은 누구나 자기 본성에 맞는 일을 찾기 마련이다. 이것은 자연스럽고도 필연적인 일이다. 이와 같은 일을 받아들이지 않는 다는 것은 무화과나무에서 수액이 나오는 것을 믿지 않는 것과 같다.

일정한 시간이 지나면 당신뿐 아니라 모든 사람이 죽을 것이며, 얼마 후엔 당신들의 이름조차도 남겨지지 않으리라는 것을 명심하라.

7. 무언가로 인해 억울하다는 마음을 버려라. 그러면 억울함도 사라질 것이다. 피해의식을 버려라. 그러면 그 자체도 사라져버린다.

'나는 상처받았다.'라는 생각을 버리면 그 상처도 곧 사라지게 될 것이다.

8. 어떤 사람이 타락하지 않았다면 그의 삶을 부패시킬 수 없으며, 내적이든 외적이든 아무런 피해도 입힐 수 없다.

9. 집단에 보편적으로 유용한 것들의 본성은 당연히 그렇게 행해져야 한다는 데 있다.

10. 세상에서 일어나는 모든 일은 그것이 무엇이든 정당한 이유에서 발생한다는 것에 주목하라. 조금만 주의를 기울여 보면 이것이 진실임을 알 수 있다. 세상의 모든 일에는 단순히 인과관계에 의한 연속성만이 아니고, 모든 대상에 합당한 가치를 분배하는 신의 섭리와도 같은 공정한 질서가 존재하기 때문이다.
당신은 이 관찰을 주의 깊게 계속할 필요가 있다. 또한 무엇을 하든, 모든 사람이 선하다고 인정하는 행동을 하지 않으면 안 된다. 모든 행동을 함에 있어 이것을 명심하라.

11. 당신은 비리를 범하는 자들이 갖고 있을 법한 생각이나, 그들이 당신에게 요구하는 그런 생각을 해서는 안 된다. 또한 거기에 지배당해서도 안 된다. 다만 진리에 비추어 생각하고 진리의 관점에서 볼 것이며, 진리에 맞게 행동하라.

12. 우리는 언제나 다음의 두 가지 규칙을 따르지 않으면 안 된다.

첫째, 이성과 국가의 법을 시행하는 제왕이 인류 공동의 이익을 위해 명령하는 것만을 행하라.

둘째, 당신의 미망(迷妄)을 풀어주고 판단을 바로잡아 주는 사람이 주변에 있다면 주저하지 말고 당신의 결정을 재고하라. 물론 이것은 공공의 이익이나 그 밖의 다른 이익에 이바지한다는 확신에서 나온 것이라야 한다. 일시적인 쾌감이나 소소한 명성 따위에 휘둘려서는 안 된다.

13. 당신은 이성을 갖고 있는가? 갖고 있다면 무엇 때문에 그것을 활용하지 않는가? 만일 당신의 이성이 그 본래의 기능을 유감없이 발휘한다면 더 이상 무엇을 바라겠는가.

14. 당신은 지금까지 전체의 한 부분으로 존재해 왔다. 그러나 당신은 처음 당신을 생성한 자연으로 되돌아가지 않으면 안 된다. 아니, 오히려 다시 한 번의 변화를 거쳐 우주의 창조적 이성 속으로 귀속해야 한다.

15. 제단 위로 많은 유향가루가 떨어진다. 어떤 것은 먼저, 또 어떤 것은 나중에 떨어진다. 그러나 결국 떨어진다고 하는 것에는 아무런 차이가 없다.

16. 만일 당신이 당신의 본성으로 돌아가 이성을 섬긴다면, 지금

당신을 한 마리의 야수나 원숭이쯤으로 생각하는 사람들도 열흘이 채 못 되어 당신을 신처럼 섬기게 될 것이다.

17. 눈앞에 마치 일만 년 정도의 수명이 남아 있는 것처럼 행동하지 마라. 죽음은 당신의 머리 위를 항상 맴돌고 있다.

생명과 능력이 당신에게 붙어 있는 동안 온갖 노력을 다해 선한 인간이 되도록 하라.

18. 주위 사람들이 어떤 말을 하고 어떤 행동을 하는지에 관심을 두지 않고, 다만 자신의 행동이 올바르고 순수한가에 대해서만 고민하는 사람은 실제로 수많은 걱정에서 벗어나 있다.

다른 사람들의 퇴폐적인 행위에 눈을 돌리지 말고, 흔들림 없이 곧장 앞으로 달려가라.

19. 사후의 명성에 집착하는 자는 자신을 기억하는 사람들 역시 곧 죽을 것이라는 사실을 알지 못하는 자이다. 또한 그의 후손들 역시 곧 사라질 것이며, 활활 타오르다가도 종국에는 스러지는 불꽃처럼 기억의 마지막 불씨도 마침내 소멸하고 만다는 것을 깨닫지 못한 자이다. 설령 그것을 기억해 줄 사람들이 영원히 죽지 않고 그들의 기억이 영원하다 할지라도 그것이 당신에게 무슨 의미가 있겠는가?

이것은 살아 있는 자에게도 똑같이 해당되는 질문이다. 명성이나 칭송이 실제로 확실한 공리를 갖고 있지 않다면 그것이 과연 무슨 소용이 있겠는가?

오늘 대자연이 당신에게 베풀고 있는 은혜를 뿌리치고, 사람들이 내일 당신에 대해 무슨 말을 할 것인가에 모든 정신이 쏠려 있다면 정말로 안타까운 일이 아닐 수 없다.

20. 아름다운 것은 그 자체가 나름대로의 미(美)를 간직하고 있기 때문에 아름답다. 아름다움은 그 이상을 요구하지 않는다. 그것에 대한 인간의 찬사와 찬미도 아무런 도움이 되지 않는다. 왜냐하면 찬사를 덧붙인다고 해서 더 좋아지거나 나빠지지는 않기 때문이다.

이것은 많은 사람에 의해 아름답다고 일컬어지는 사물, 즉 천연적인 것이나 인공적인 예술 작품도 마찬가지다. 진실로 아름다운 것은 그 밖의 어떤 것도 요구하지 않는 법이다.

인간에게 필요한 법률이나 진리, 친절과 예의도 마찬가지다. 이것들 중 어떤 것이 찬사를 받는다고 아름다워지며 비난을 받는다고 더럽혀지겠는가? 에메랄드의 아름다움이 찬사가 부족하다고 해서 추해지는가? 황금과 상아, 장미와 숲의 나무가 그렇던가?

21. 만일 영혼이 영원불멸의 것이라면 하늘은 어떻게 이 불멸의 혼들을 수용해 왔을까? 그리고 대지는 아득한 과거로부터 묻혀온

그 수많은 시신을 어떻게 수용해 왔을까?

대지는 어느 정도 기간이 지나면 변화와 부패로 또 다른 사체를 위해 자리를 마련한다. 마찬가지로 영혼은 변화하고 사라지기에 앞서 잠시 공중에서 머물다가 우주 본원의 영지(靈智)에 수용됨으로써 불의 본성을 갖추게 된다. 이리하여 다른 영혼을 받아들일 여지가 생기는 것이다. 이것이 바로 영혼의 존재를 믿는 사람들의 근거가 되는 것이다.

따라서 우리는 땅에 매장된 시체 수만을 생각해선 안 된다. 인간들에게 혹은 다른 동물들에게 매일매일 먹히는 동물들의 수도 무시할 수 없기 때문이다. 도대체 얼마나 많은 동물이 그렇게 죽어가며, 그들을 먹는 자들의 뱃속에 어떤 의미로 매장되고 있는 것일까? 그것들은 인간이나 짐승들의 체내에서 피로 변했다가 다시 밖으로 나와 공기나 불로 변하기 때문에 대지가 이를 수용할 수 있는 것이다.

이 문제에서 우리는 어떻게 진리를 찾아낼 것인가? 그것은 물질과 그 생성의 근거를 분별해냄으로써 가능하다.

22. 일순간의 감정에 휩쓸리지 말고 올바른 길에서 벗어나지 않도록 주의하라. 어떤 충동이 일어날 때면 우선 그것이 정의의 명령에 따른 것인가를 파악하라. 또 어떤 인상을 받을 때마다 확실하게 파악하고 이해하라.

23. 오, 우주여! 당신과 조화를 이루는 모든 것이 나와도 조화를 이루노라. 그대에게 알맞은 것이라면 나에게도 너무 이르거나 너무 늦지 않다.

오, 대자연이여! 그대의 사계절이 생산하는 모든 것이 나를 위한 열매로다. 만물은 그대에게서 나오며, 그대 속에 존재하며, 그대에게로 돌아가노라.

시인은 '고귀한 케크롭스(Cecrops)*의 도시'라고 노래했으나 우리는 '고귀한 신의 도시여!'라고 말하지 않겠는가?

  * 케크롭스(Cecrops) : 고대 그리스 아티카의 최초의 왕이라고 전해지는 인물. 이 구절의 출처는 분명치 않음.

24. 어느 철학자는 마음의 평정을 원한다면 많은 일을 벌이거나 관여하지 말라고 충고했다.

그러나 이렇게 말하는 것이 더 좋지 않았을까?

당신에게 꼭 필요한 행위와 사회인으로서의 당신의 이성이 요구하는 행위, 그리고 보편적 이성이 요구하는 행위를 할 수 있도록 그 밖의 다른 행위를 제한하라. 이렇게 하면 몇 가지 일이나마 잘 이행할 수 있고, 거기에서 오는 만족감과 안정을 느낄 수 있을 것이다. 이것을 통해 우리가 말하고 행동하는 것들의 대부분이 불필요함을 느끼게 될 것이고, 그것을 제거함으로써 시간과 수고를 절약할 수 있을 것이다.

그러므로 우리는 항상 '혹시 이것도 불필요한 일 가운데 하나가 아닐까?' 하고 자문해보아야 한다. 아울러 불필요한 행위뿐 아니라 사념까지도 떨구어버리지 않으면 안 된다. 그래야만 쓸데없는 행위가 뒤따르지 않는다.

25. 자신에게 물어보라.

선한 인간의 생활, 즉 우주에서 나에게 할당한 부분에 만족하고, 올바른 행위와 자비만을 희구하는 생활을 영위할 능력이 과연 내게 있는가?

26. 인간은 살아가면서 온갖 자질구레한 사건들과 마주치게 된다. 당신은 이미 그런 일들을 수없이 봐왔을 것이다.

자, 이제 이것을 보라!

당신은 당신의 감정을 어지럽히지 말고 지극히 단순한 상태로 만들지 않으면 안 된다. 누군가가 당신에게 부당한 일을 가하고 있는가? 그러나 그런 행동은 결국 그 자신에게 해를 가하는 결과를 가져올 뿐이다.

당신에게 무슨 일이 벌어지고 있는가? 당신에게 일어나는 일체의 일은 우주에서 생성하여 세상이 시작된 순간부터 이미 당신이 할당받은 운명이며, 당신 앞에 펼쳐진 상황은 살아 움직이는 다른 모든 것처럼 운명의 직조물에 짜 넣은 한 오라기 실에 불과한 것이다.

인생은 짧다. 이성과 정의의 공정한 처사에 순응하며, 빠르게 스쳐 지나가는 시간에서 유용한 것을 움켜잡아라. 마음은 여유롭게 가지더라도 정신은 바짝 차려야 한다.

자, 이제 이것을 보라!

새로운 만남의 불쾌한 측면.

27. 질서정연하든 혼돈 속에 있든, 우주는 여전히 우주의 형태를 갖추고 있다. 그러나 한 개체 속에 어느 정도의 질서가 존재하는데, 동시에 그보다 큰 '전체'에 무질서가 존재한다는 것이 가능한가?

그리고 그와 마찬가지로, 자연의 모든 부분 사이에서 일탈이나 분산되는 일 없이 감정의 일치가 실재한다는 것이 가능한가?

28. 사악한 마음이여! 유약하고 제멋대로인 성격, 야수 같고 유치한 자, 어리석고 우둔하며 허위로 가득 찬 데다 교활한 성격, 비열한 자, 폭군의 마음이여! 사악한 마음이여!*

    * 이 감정의 폭발에 대해서는 다만 추측을 해볼 수 있을 따름이다. 마르쿠스가 폭군 네로(Nero)의 생애를 다시 읽었던 것일까? ― 편집자 주

29. 우주 속에 무엇이 존재하는지 모르는 자를 우주의 이방인이

라고 한다면, 그 속에서 무슨 일이 벌어지고 있는지를 알지 못하는 자 역시 이방인이다.

그들은 사회에서 스스로 추방한 자, 즉 유형 당한 죄수이다. 그들은 이해의 눈을 감은 장애인이며, 남에게 의지하고 자신의 힘으로는 살아갈 수 없는 거리의 부랑자이다.

운명을 거부하고 이성에서 떨어져 나가 스스로 격리시키는 자는 우주의 종양과 다름없다. 마찬가지로 자신의 영혼을 이탈, 표류시키는 자 또한 공동사회에서 버려진 하나의 깨진 조각에 불과할 뿐이다.

30. 어떤 철학자는 옷을 갖춰 입지 않았고, 또 어떤 철학자는 책을 갖지 않았다. 또 어떤 철학자는 반라의 몸으로 살며 이렇게 말한다.

"나에게 빵은 없지만, 이성은 있다."

나는 비록 만족할만한 결실을 얻지 못했지만, 학문을 사랑하며 이성에 의해 살아간다.

31. 당신이 배우고 터득한 기술이 아무리 보잘것없는 것이라 할지라도 그것을 사랑하고 그것에 만족하라. 그리고 자신을 폭군이나 노예로 만들지 말고 모든 것을 신에게 맡긴 채 남은 인생을 살아라.

32. 베스파시아누스(Vespasianus)* 황제 시절을 생각해보라. 당신의 눈에 무엇이 보이는가? 당시에도 사람들은 결혼하여 아이들을 키우고, 병들고, 싸우고, 향연을 누리고, 장사를 하고, 의심하고, 자랑하고, 음모를 꾸미고, 저주하고, 불평하고, 연애하고, 재물을 모으고, 집정관의 지위와 왕권을 탐했다. 그러나 지금 그 시대 사람들과 생활 모습은 어디에도 존재하지 않는다.

트라야누스(Trajanus) 황제 시대는 어떠한가? 이때도 마찬가지이며 그들의 삶 또한 모두 사라졌다. 이런 식으로 과거와 그 시대 사람들의 기록을 살펴보라. 그들은 이미 원소로 분해되어 사라져버리지 않았는가.

당신이 아는 모든 이들을 떠올려 보라. 그들은 운명적으로 자신에게 주어진 의무를 게을리하고, 타고난 본성을 미혹시키고, 모든 일에 만족할 줄 모르고, 하찮은 것들에만 정신을 쏟고 있다.

여기서 명심해야 할 것은 어떤 대상을 추구할 때는 그 대상의 본래 가치와 조화를 이뤄야만 비로소 가치 있는 추구가 된다는 점이다. 따라서 스스로 실망하지 않으려면 특별히 중요하지 않은 일에 시간과 정신을 빼앗기지 말아야 한다.

* 베스파시아누스(Vespasianus) : 로마 황제(69~79 재위)로 트라야누스에게 황제의 자리를 물려주고 82세에 사망했다. 비천한 가문 출신이었지만 내전에서 승리해 플라비우스 왕조의 창건자가 되었다. 그는 재정을 개혁하고 제국의 통치를

공고히 하여 정치를 안정시켰으며 로마의 대규모 건축공사를 추진했다.

33. 이전에는 귀에 익었던 말과 표현도 요즘에는 거의 사용하지 않는다. 옛날에 훌륭했던 사람들의 이름도 지금은 묵은 냄새를 풍긴다.

카밀루스(Camillus)*, 케소(Caeso), 볼레수스(Volesus), 레오나투스(Leonnatus), 스키피오(Scipio), 카토(Cato), 아우구스투스(Augustus)*, 하드리아누스(Hadrianus)*, 안토니누스(Antoninus) 등의 이름이 바로 그것이다.

모든 것은 사라진 후, 단순한 이야깃거리로 남았다가 결국에는 망각 속에 묻히고 만다. 당시에 엄청난 세력과 명성으로 이름을 날리던 사람들도 예외는 아니다. 그들은 모두 숨을 거두자마자 사람들의 기억에서 사라졌고, 누구도 그들에 대해 입을 열지 않는다. 영원한 기억이란 없다. 모든 것이 허무할 뿐이다.

그렇다면 우리가 진정한 노력을 기울여야 할 것은 도대체 무엇인가? 그것은 올바르게 생각하고, 공공의 이익과 사회 규범에 맞게 행동하며, 거짓 없이 이야기하고, 모든 일을 하나의 근본 원리에서 유출되는 필연적인 것으로 받아들여야 한다는 것이다.

* 카밀루스(Camillus) : 갈리아인의 로마 약탈(B.C. 390경) 이후 로마시 제2의 건립자로 존경받게 되었다. 그는 네 번이나

개선식을 가졌으며, 딕타토르(독재관)를 다섯 번 지냈다. 그가 거둔 가장 큰 승리는 B.C. 396년에 에트루리아인의 도시 베이를 정복한 일이다.

* 아우구스투스(Augustus) : 로마제국의 초대 황제(재위 B.C. 27년~A.D. 14년). 제2차 삼두 정치에서 레피두스, 안토니우스와 함께 세 명의 집정관 중 한 사람이었다. 황제가 되어 로마의 행정과 시설을 개혁하고 제국의 기틀을 닦았다.
옥타비아누스(Octavianus)라고도 함. 어머니가 율리우스 카이사르(Julius Caesar)의 조카였고, 어린 시절 그의 명민함을 꿰뚫어 본 카이사르의 양자가 되어 카이사르의 성을 받고 귀족 신분을 얻게 되었다.

* 하드리아누스(Hadrianus) : 로마 황제(117~138 재위)로 5현제(賢帝)의 한 사람이다.
로마제국의 국경을 최대로 넓힌 트라야누스 황제를 뒤이은 하드리아누스 황제는 국경을 넓히는 것보다는 내실을 기하는 데 총력을 기울였다. 그래서 그가 치세하는 동안 로마제국은 평화와 복지를 누렸다.
그는 뛰어난 군인이자 탁월한 정치가였고, 박식하고 재기가 넘쳤으며, 미술, 음악, 건축, 문학 등 거의 모든 예술 분야에 조예가 깊었다. 또한 여행을 무척이나 좋아하여, 그는 치세

21년 중 자그마치 12년 동안 로마제국의 구석구석을 돌아다녔을 정도였다.

여행을 많이 한 그는 세상을 보는 시야가 매우 넓은 통치자였으나 그의 성격은 변덕스럽고 무자비한 면도 없지 않았다고 한다.

34. 운명의 직녀 클로토(Clotho)*에게 당신을 내맡기고, 당신이 할당받은 운명의 실을 그녀가 마음대로 짜도록 내버려 두라.

> * 클로토(Clotho) : 운명의 세 여신 가운데 한 명.
> 인간 개개인의 운명을 실의 길이나 그 변용으로 생각하여, 클로토(Clotho)는 실패봉에서 운명의 실을 '뽑는' 역할, 라케시스(Lachesis)는 인간에게 운명을 '할당하는' 역할, 아트로포스(Atropos)는 이 실을 '자르는' 역할을 맡음으로써 인간의 수명이 정해진다고 여겼다.

35. 기억하는 자든 기억되는 자든, 그 모두가 하루살이에 불과하다.

36. 세상의 온갖 만물은 변화에 의해 생겨나고 있음을 관찰하라. 우주의 본성은 모든 사물과 상황들을 변화시키고 새로운 창조를 거듭함으로써 존재한다.

어떤 의미에서는, 현재 존재하는 모든 사물은 미래에 존재할 사물의 씨앗이다. 하지만 씨앗을 단순하게 대지나 여성의 자궁에 뿌려지는 것이라고 판단하는 것은 지극히 단순하고 어리석은 생각이다.

37. 당신은 머지않아 곧 죽게 될 것이다. 그런데도 당신의 생각은 여전히 단순해지지 못하고 번뇌에 사로잡혀 있으며, 손해를 입지는 않을까 하는 우려에서 벗어나지 못하고, 모든 이들에게 자비롭지 못하다. 그뿐 아니라 이성적이고 정당한 행위를 하는 것이 유일한 지혜라는 사실도 모른다.

38. 현명한 사람들의 행위를 이끄는 것은 무엇이며, 또한 그들이 피하는 것과 추구하는 것은 무엇인지 주의 깊게 관찰하라.

39. 당신이 입었다고 생각하는 손해는 다른 사람의 마음에서 오는 것이 아니며, 당신 자신의 육체적 변화나 외적 환경의 변화에서 오는 것도 아니다.

그렇다면 그것은 어디에서 오는 것일까? 그것은 '손해'라는 개념을 만들어내는 당신의 생각에서 비롯하는 것이다. '손해'라고 하는 생각 자체를 버려라. 그러면 모든 것이 잘될 것이다.

육체가 약하든, 큰 상처를 입었든, 화상을 입었든, 종양으로 고통을 받든 간에 당신의 마음으로 그것들을 다스리고 치유하라.

그 손해라는 것이 악인이나 선인에게 동등하게 일어날 수 있는 것이라면, 악이니 선이니 하고 속단할 수 없다. 자연을 거역하는 사람에게나 순응하는 사람에게나 동등하게 닥쳐오는 것이라면, 결코 자연의 목표를 방해하거나 그 목적을 증진시키지도 않기 때문이다.

40. 우주를 하나의 실체와 하나의 영혼을 지닌 살아 있는 유기체로 생각하라. 그리고 이 모든 사물이 하나의 지각(知覺)에 어떻게 결부되어 있고, 하나의 자극에 따라 움직이면서 각각의 사건이 갖는 인과관계 속에서 어떻게 자신의 역할을 해낼 수 있는지를 관찰하라.

직조물과 같은 세상의 복잡함, 즉 실타래의 얽히고설킴에 주의하라.

41. 에픽테토스(Epiktetos)는 말했다.

"당신은 육체라는 시신을 끌고 다니는 가엾은 영혼에 지나지 않는다."

42. 변하는 모든 산물이 선이 아닌 것처럼, 변화 과정에 있는 모든 것들 역시 악은 아니다.

43. 시간이란 발생하는 여러 사건으로 이루어진 끝임없는 강물

과 같다. 하나의 사물이 나타나는가 하면 곧 과거 속으로 사라져 버리고, 또 다른 사물이 그 뒤를 따라오는가 하면 그것도 곧 흘러가 버리고 만다.

44. 우리 눈앞에서 벌어지는 모든 일은 봄에 개나리꽃이 피고 가을에 단풍 든 나뭇잎이 떨어지는 것처럼 지극히 정상적이며 예측 가능하다.

이것은 질병이나 죽음, 중상모략뿐 아니라 어리석은 인간들을 기쁘게 하거나 괴롭게 하는 다른 모든 일에도 똑같이 적용되는 이치이다.

45. 사물의 연속성에 있어, 뒤에 오는 것은 항상 앞서가는 것과 밀접한 관계가 있다. 단지 필연적인 순서에 따른 순행이 아니라 합리적인 연관성을 지니고 있다는 뜻이다.

게다가 이미 존재하는 것은 모두 조화로운 관계에 있는 것이므로 앞으로 존재하게 될 사건들도 단순한 연속이 아니라 연쇄적인 기적을 나타내는 것이다.

46. "흙이 죽으면 물이 되고, 물이 죽으면 공기가 되고, 공기가 죽으면 불이 되고, 불이 죽으면 다시 흙으로 순환한다."라고 한 헤라클레이토스(Heraclitos)의 말을 기억하라.

그의 다른 말들도 상기하면서 교훈으로 삼는 것이 바람직하다.

"자기가 가는 길이 어디로 통하는지는 안중에도 없는 여행자나 가장 가까운 친구와 늘 사이가 좋지 않은 사람들은 매일 그렇게 살면서도 전혀 알아차리지 못한다."

"잠든 사람처럼 행동하고 말해서는 안 된다. 왜냐하면 사람들은 잠들었을 때 상상 속에서 행동하고 말하기 때문이다."

또한 헤라클레이토스는 "부모에게 꾸중 듣는 어린아이처럼 행동하지 말라."고도 했다.

결론적으로, 그의 말은 전통적인 교훈을 맹목적으로 따라서는 안 된다는 것이다.

47. 만일 신이 나타나 당신에게 '내일이나 모레 반드시 죽는다.'고 말한다 해도, 당신이 극히 천박한 인간이 아닌 이상 그것에 크게 신경 쓰지 않을 것이다. 왜냐하면 내일이나 모레나, 그 차이는 사실 아주 적기 때문이다. 마찬가지로 죽음이 내일 닥치든 몇 년 후에 닥치든, 그것을 중요시할 필요는 없다.

48. 한번 생각해보라.

많은 의사가 병에 걸린 환자들을 눈살을 찌푸리며 굽어보았지만 그들은 결국 죽어버렸으며, 많은 점성가가 근엄한 어조로 타인의 운명을 예언했지만 그들 역시 죽어버렸다.

죽음과 불멸에 대한 해답을 찾느라 전력을 다해 논쟁을 벌이던 철학자들도 모두 죽었고, 무수히 많은 사람을 죽인 영웅과 장군들도 결국 무의미하게 죽어버렸다.

마치 자신은 결코 죽지 않을 신이나 되는 것처럼 사람들을 살리고 죽이는 권력을 무자비하게 휘두르던 폭군들, 헬리케·폼페이(Pompeii)·헤르쿨라네움(Herculaneum)처럼 완전히 파괴된 도시와 그 밖의 수많은 도시의 멸망……

또 당신이 알고 있는 사람들을 하나하나 헤아려보라. 한 사람이 다른 사람을 매장한 다음 그 사람 역시 죽고, 또 다른 사람이 그를 매장한다. 이 모두가 고작 순간에 이루어진 것이니 결국 사람의 일이란 얼마나 덧없고 무상한 것인가. 어제만 해도 한 방울의 점액에 불과했던 것이 내일이면 한 줌의 재로 화(化)하는 경로를 관찰해보라.

우리는 지상에서의 이 덧없는 순간을 자연에 순응하며 보낸 다음, 순순히 휴식 상태로 돌아가야 한다. 저 무화과 열매가 자기를 낳고 길러준 대자연에 감사하며 떨어지듯이.

49. 파도가 끊임없이 밀려와 부딪혀도 굳건하게 버티고 서 있는 저 바위 언덕을 닮아라. 끄떡없이 버티기만 하면 된다. 그러면 그 거칠던 파도도 이내 잔잔해질 것이다. "이런 일이 닥쳤으니 나는 얼마나 불행한 놈인가?"라고 말하지 마라. 오히려 "이런 일이 일어났지만 나는 행복하다. 나는 고통에서 자유롭고, 현재의 시련에 흔들리지 않고, 미래의 공포에도 압도당하지 않을 것이기 때문이다."라고 말하라.

누구에게나 뜻밖의 일은 생기기 마련이다. 그러나 모든 사람이 침착하게 그 상황을 이겨내는 것은 아니다.

따라서 번뇌에 시달릴 때마다 반드시 기억해 두고 적용해야 할 원리가 있다. 즉 "이것은 결코 불행이 아니다. 이것을 잘 참고 견뎌낸다면 오히려 행운이 될 수도 있다."라는 것이다.

50. 남달리 삶에 강하게 집착하는 사람들을 떠올려 보라. 도대체 그들이 일찍 죽은 사람보다 나은 점이 무엇인가? 단 한 명의 예외도 없이 언제 어디서든 흙 속에 묻히고 말지 않는가. 카디시아누스, 파비우스, 레피두스, 율리아누스 그 밖의 모든 인간은 다른 사람들을 묻어주고, 자신들 역시 타인에 의해 땅속에 묻혔다. 결국 그들이 누린 삶은 극히 짧은 것이었다.

살아가는 데 있어 얼마나 많은 난관에 부딪히고 얼마나 많은 관계를 맺고, 또 얼마나 보잘것없는 육체로 천신만고 끝에 이 과정을 통과해 가는지를 생각해보라.

얼마나 오랫동안 사는가에 가치를 두지 마라. 오직 그 뒤에 놓인 무한의 시간과 앞으로 올 영원만을 직시하라. 진리가 이러할진대, 어린애가 영원 속에서 사흘밖에 살지 못하는 것과 3대에 걸쳐 산다는 것이 무슨 차이가 있겠는가?

51. 언제나 지름길을 택해 나아가라. 그 짧은 길이란 바로 자연이며, 자연이 가르쳐 주는 길이다. 그리고 모든 행동과 말에 있어

당신을 지배하는 이성에 순응하라.

그것이 번뇌와 투쟁, 거짓된 행동이나 허세로부터 당신을 자유
롭게 해줄 것이다.

5
인간의 본성에 대하여

1. 아침에 눈을 떴는데도 자리에서 일어나고 싶지 않다면, 이런 생각을 해봐라.

'나는 인간으로서 해야 할 일을 하기 위해 지금 일어나야만 한다. 나는 그 일을 위해 태어났고, 그 일을 위해 세상에 왔는데, 여전히 불평하는 것은 말이 안 된다. 나는 이렇게 누워서 빈둥거리려고 태어난 것이 아니지 않은가. 그래도 침대에 누워 빈둥거리는 것이 더 좋은데, 어쩌란 말인가?'

당신은 쾌락과 즐거움을 누리기 위해 태어났단 말인가? 당신이 태어난 것은 누리기 위해서인가, 행하기 위해서인가? 작은 들풀이나 공중의 작은 새, 개미, 거미와 꿀벌 같은 미물들도 각자에게 맡겨진 소임을 수행하면서, 우주의 질서에 기여하기 위해 정신없이 바쁜 것이 당신 눈에는 보이지 않는단 말인가. 그런데도 당신은 인간으로서 해야 할 일을 거부하고, 자연과 본성이 당신에게 명하는 일들을 하기 위해 달려가지 않겠다는 것이냐?

물론 휴식을 취하는 것도 필요하다. 그러나 음식을 먹고 술을 마시는 것에도 한계가 있듯이, 휴식에도 자연이 규정한 한계가 있다. 그런데도 당신은 그 한계를 벗어나 늦잠을 잤고, 이제 그 이상의 것을 취하려고 한다. 그만큼 당신의 의무 수행에 문제가 생긴다는 것을 알고 있는가?

또한 당신은 자신을 사랑하지 않는다. 만약 사랑한다면 당신의 본성과 그 의지를 사랑해야 할 것이다. 자신의 기술을 사랑하는 기술자들은 먹는 것과 씻는 것까지 잊어가면서 자신의 소임을 완수하려고 노력한다. 그러나 당신은 선반공이 철물을, 무용수가 춤을, 또는 수전노가 은화를, 명예욕에 혈안이 된 자가 헛된 명성을 좋아하는 것만큼도 자신의 본성을 존중하지 않고 있다.

인간은 누구나 자기가 소중히 여기는 일들에서 무엇인가를 이루어내고자 하면, 그것에 몰두하느라 먹고 마시는 일을 잊기 마련이다. 그런데 당신은 사회에 대한 봉사가 그런 일들에 비해 중요하지도 않고, 애쓸 가치도 적다고 생각하는 것인가?

2. 귀찮고 못마땅한 망념(妄念)들을 말끔히 털어버리고 난 뒤에 찾아오는 마음의 평화를 느껴본 적 있는가? 그것은 분명 우리 삶에 찾아온 귀한 위안이고, 참으로 유쾌한 일이 아니던가.

3. 자연의 본성에 부합하는 모든 말과 행위는 합당하고 소중한 것이다. 남들의 비난이나 험담 때문에 주저하거나 마음이 흔들려서는 안 된다. 어떤 것을 말하거나 행하는 것이 선한 경우에는, 당신이 그 일을 하지 않아도 된다고 생각하지 마라.

당신에 대해 이렇다 저렇다고 비판하는 사람에게는 그 나름의 이유나 그런 비판을 하도록 자극한 충동이 있을 것이다. 그런 것에 마음이 흔들려서는 안 된다. 오직 자신의 본성과 우주의 본성에 순응하고, 하나가 될 수 있도록 노력하라.

4. 나는 목숨이 다하는 그날까지 자연의 본성에 순응하며 나아가겠다. 그리하여 내가 매일 들이쉬던 호흡은 그 원천인 대기 속에 돌려줄 것이며, 내 육신 역시 모든 수고에서 벗어나 대지에 묻혀 안식하리라.

그 대지에서 나의 아버지는 씨앗을 얻었고, 나의 어머니는 피를 취했고, 내 유모는 젖을 취했다. 대지는 내게 오랜 세월 동안 하루도 빠짐없이 먹을 것과 마실 것을 공급해 주었고, 내가 그 위를 밟고 다니며 나만의 목적을 위해 무자비하게 썼음에도 불구하고 여전히 나를 받아들이고 품어주었다.

5. 당신에게는 세상 사람들이 말하는 뛰어난 재주가 없을지도 모른다. 그러나 그런 것은 아무 상관없으니 개의치 마라. 당신은 "나는 그런 것에는 소질이 없습니다."라고 말할지 모르지만, 당신

에게는 미처 깨닫지 못한 숨겨진 자질과 재능이 있을 것이다. 그러한 자질을 계발하라.

이러한 자질은 성실성, 존엄, 근면성, 절제할 줄 아는 성품 속에 있다. 당신은 불평하지 않고 검소하고 사려 깊고 솔직하며, 행동과 말을 온화하게 하는 것이 얼마나 큰 장점인지를 알아야 한다. 따라서 그런 장점을 발휘할 능력이 없다느니, 소질이 없다느니 하는 변명이나 핑계를 댈 필요가 없다는 말이다.

하지만 당신은 스스로 저급한 차원에 머물러 있으려고 한다. 다투고, 탐하고, 인색하고, 아첨하고, 불평하고, 비굴하고, 교만하고, 걷잡을 수 없이 방황하며 불안해하는 것이 정말 당신의 타고난 능력이 부족하기 때문인가? 그런 모습을 애써 무시해 버리려 했거나 그것을 핑계 삼아 자신의 결점들을 덮어버리려고 하지는 않았는가?

신들의 이름을 걸고 맹세하건대, 결코 그렇지 않다! 당신이 잘 깨닫지 못하고 이해하는 것이 둔하다고 해도, 혼신의 힘을 다해 이를 극복하고자 노력했다면 당신은 이미 오래전에 이 모든 것들을 떨쳐버리고도 남았을 것이다.

6. 어떤 사람은 남에게 봉사를 해주고 나서, 마치 커다란 은혜라도 베푼 것처럼 자기 장부에 기록해 둔다. 또 어떤 사람은 기록은 하지 않더라도 마음속으로 그 상대방을 채무자로 간주하고 자기가 베푼 일을 항상 기억하고 있다.

그러나 이들과 달리 자기가 베푼 것을 전혀 염두에 두지 않는 사람도 있다. 마치 포도송이를 맺게 한 포도나무처럼, 생산하고서도 아무것도 바라거나 구하지 않는 것이다. 전력을 다해 달리고 난 뒤의 말이, 사냥감을 물고 돌아온 사냥개가, 꿀을 만드는 벌꿀이 감사를 기대하지 않듯이 선행을 베푼 사람은 절대 그것을 과시하지 않는다. 그리고 포도나무가 다음 해에 포도를 맺기 위해 준비하듯이 곧장 다음의 선행으로 옮겨간다.

당신은 아마 이렇게 질문할 것이다.

"그럼 인간도 포도나무나 벌처럼 무의식적으로 일해야 한다는 말입니까?"

물론 인간에게 자기 행동에 대한 인식 그 자체는 반드시 필요하다. 왜냐하면 자신의 행동이 사회적이라는 인식은 스스로 사회적인 동물이라는 표시인 동시에 특성이기 때문이다.

당신은 또 반문할 것이다.

"하지만 사회가 그런 행위를 알아주었으면 하는 바람을 갖는 것도 사회적 동물의 표시 아닙니까?"

분명 맞는 말이다.

그러나 당신은 이 말을 잘못 이해하고 있다. 당신은 스스로를 앞서 열거한 인간들과 같은 부류로 타락시키고, 고식적인 논리로 잘못 인도하고 있는 것이다.

그러나 당신이 내 말의 진정한 뜻을 이해하고자 한다면, 그것만으로도 당신이 '어떤 사회적 의무를 저버리는 행위를 하지는 않을까?'라는 두려움은 갖지 않게 될 것이다.

7. "오, 제우스 신이시여! 산과 평야에 비를 내려 주소서!"

이것은 아테네인들의 기도이다. 기도란 처음부터 하지 말든지, 하려거든 이렇듯 단순하고 솔직하게 해야 한다.

8. 전설에 의하면 아스클레피오스(Asklepios)*는 어떤 사람에게는 승마를, 어떤 사람에게는 냉수욕을, 또 어떤 사람에게는 맨발로 다니라는 처방을 내렸다고 한다.

우주의 본성도 이와 같은 방법으로 어떤 사람에게는 질병과 불구, 또 어떤 사람에게는 상실감을, 혹은 또 다른 무능력을 처방한다.

전자의 경우, 처방은 환자의 건강 회복을 위한 특별한 치료법을 지시한 것이다. 그리고 후자의 경우, 모든 사람에게 일어날 수 있는 개별적인 일들이 각각의 운명에 따라 미리 준비된 것이다. 이는 마치 석공이 벽이나 피라미드를 쌓을 때 네모난 돌들이 착착 들어맞는 것처럼 우리의 운명과 '합치되었다'라고 말할 수 있다.

실제로 이 세계는 전체적으로 하나의 조화를 이루고 있다. 수많은 개체가 모여 하나의 현존하는 완성체를 이루듯, 수많은 원인이 결합되어 하나의 통일된 원인이 된다. 그것이 바로 운명이다. 누군가가 "마침내 올 것이 왔다."라고 말한다면, 그 사람은 이미 자신의 운명을 깨닫고 있는 것이다. 즉 그것은 그에게 처방된 것이므로 우리는 아스클레피오스의 처방을 받아들이듯 각자에게 예고된 이런 현상들을 받아들여야 한다. 비록 그 처방 중에는 못마땅한 것도 있겠지만, 건강을 위해서라는 마음으로 기꺼이 받아들여야 한다.

자연의 명령을 수행하고 완성할 때는 자신의 건강을 돌보듯이 임해야 한다. 또한 일어나는 일이 불쾌하고 마음에 들지 않더라도 항상 기쁘게 받아들여야 한다. 왜냐하면 그것은 우주의 건강에 이로우며, 우주 자체를 행복과 선행으로 인도하기 때문이다. 만약 그것이 전 우주를 위한 것이 아니라면, 자연은 누구에게든 그 어떤 운명도 주지 않을 것이다. 자연은 자신이 지배하는 것에 무엇인가를 부여할 때는 반드시 그 대상에 이롭도록 설계한다.

당신에게 일어나는 일에 대해 만족해야 하는 두 가지 이유가 있다.

첫째, 그것은 당신을 위해 발생했고, 또 당신을 위해 처방되었으며, 당신과 관련된 것이기 때문이다.

둘째, 당신에게 일어나는 일이란 운명이 우주를 지배하는 섭리의 증진과 완성, 생존을 위해 당신 몫으로 특별히 마련해 두었기 때문이다.

이처럼 발생하는 모든 일은 우주를 지배하는 힘의 원천이 되는 것이다. 지속적인 연관 과정에서 어느 한 개의 분자를 떼어버리는 것은 전체에 손상을 입히는 행위이다. 따라서 당신이 불만에 사로잡힌다는 것은, 당신의 능력이 허락하는 한도 내에서 우주와의 단절과 파괴를 범하는 것이 된다.

　＊ 아스클레피오스(Asklepios) : 그리스 신화에 나오는 의술
의 신으로, 마르쿠스는 여기서 그를 의학적인 컨설턴트로 언급
했다.
　그를 최초로 언급한 사람은 호메로스(Homeros)인데, 호메
로스는 단순히 '훌륭한 외과의사'라고 표현했다.

9. 올바른 원리 원칙에 따라 일을 추진했음에도 불구하고 실패
했다면, 그것을 괴로워하거나 불평하지 마라. 그럴 때는 다시 처
음부터 시작하되, 당신의 행위가 인간의 본성에 어긋나지 않았다
면 그것으로 만족하라.
　그리고 언제든 의존할 수 있는 철학에 대한 순수한 사랑을 간직
하라. 이때는 스승을 찾아가 섬기듯 하지 말고, 눈병 난 사람이
해면이나 달걀을 사용하듯 또는 환자가 고약을 붙이고 찜질하듯
해야 한다. 그렇게 하면 당신은 이성에 순응하는 것에 실패하지
않고 그 안에서 안정과 신뢰를 얻게 될 것이다.
　또한 철학은 오직 본성이 요구하는 것만을 희구한다고 해도,
정작 당신은 자연의 본성을 거스르는 그 무엇을 찾고 있었음을
인정하라.
　그러면 다음과 같은 회의가 생길 것이다.
　'그렇다면 지금 내가 하고 있는 것보다 더 나은 것은 무엇이란

말인가?'

이것이 바로, 쾌락이라는 덫에 걸리게 된 이유가 아닐는지.

영혼의 고매함이 더 유쾌하다고 생각하라. 관용과 자유, 소박함, 마음의 평정, 겸허가 보다 유쾌하지 않겠는가?

우리에게 지혜가 있으며, 순리를 따라 확실하고 분명하게 일을 할 수 있다는 것을 생각해 본다면, 도대체 지혜 그 자체보다 더 적절하고 유쾌한 것이 무엇이란 말인가?

10. 우주 만물의 진리는 모호함 속에 숨어 있기 때문에, 학식이 뛰어난 철학자들조차도 극히 불가해한 것으로 파악하고 있다. 심지어 스토아학파들도 정의를 내리지 못했다.

또한 그것은 여러 난관에 둘러싸여 있고 시시각각 변하기 때문에 우리의 지적인 결론도 늘 오류를 범하는지 모른다. 하지만 오류를 범하지 않는 인간이 어디 있겠는가.

그렇다면 방향을 바꾸어, 보다 물질적인 것들에 대해 생각해보자. 이 물질적인 것들이란 얼마나 덧없고 무가치한 것인가. 그런 것들은 불결한 탕자나 도둑이나 창녀들조차도 소유할 수 있는 것이다.

한편 당신과 함께 생활하고 교제하는 사람들의 덕성을 살펴봐라. 자기 자신조차 참고 견뎌내기가 매우 힘들 것이 사실이다. 그러므로 짙은 어둠과 추악함 속에서, 모든 존재와 시간과 운동과 움직이는 것들이 끊임없이 명멸을 거듭하는 와중에서, 거기에 무슨 대단한 가치가 있거나 우리가 진정으로 추구할 만한 것들이 있을 것이라고는 도저히 생각할 수 없다.

따라서 우리가 해야 할 일이란, 다가오는 죽음을 용기를 갖고 조용히 기다리는 것이며, 다음의 두 가지 원리를 생각하면서 위안을 찾는 것이 마땅하다.

첫째, 우리에게 일어나는 일은 필연적으로 우주의 본성과 일치하는 것이다.

둘째, 나의 내부에는 신과 나 자신의 영혼에 어긋나는 일은 결코 하지 않는 능력이 있다. 왜냐하면 나에게 그런 일을 강제로 시킬 사람이 아무도 없기 때문이다.

11. "나는 지금 내 영혼을 어디에 사용하고 있는 것일까?"
모든 행위에 앞서 이 같은 의문을 갖지 않으면 안 된다.
또 이렇게도 자문해 봐야 한다.
"이른바 나를 지배하는 부분으로 일컬어지는 내 이성은 지금 무슨 생각을 하고 있는가? 이 순간 내 안에 누구의 영혼이 머무르고 있는가? 어린아이의 영혼인가? 젊은 청년의 영혼인가? 여인의 영혼인가? 폭군의 영혼인가? 야수의 영혼인가?"

12. '선'이라는 일반적인 개념은 다음과 같은 방법으로 인식할 수 있다.
사람들이 선입관에 얽매여 신중함과 절제, 정의와 강직함 같은 것을 지닌 사람을 선이 있는 것으로 판단한다면, 선에 대한 그처럼 많은 비웃음에 어떻게 귀 기울일 수 있겠는가.

반면, '선'을 구성하는 것에 대해 일반적인 개념을 가지고 있다면, 당신은 빈정거리는 말에도 기꺼이 감사하면서 그 재능을 발견하는 데 어려움을 느끼지 못할 것이다.

13. '나'는 형식적인 요소와 물질적 요소로 구성된 존재이다. 그리고 이 구성 분자는 모두 무(無)에서 비롯된 것이 아니므로 무(無)로 사라지지도 않는다.

결론적으로 나의 각 부분은 변화를 통해 우주로 환원될 것이며, 그것은 또다시 변화를 거쳐 우주의 다른 부분이 될 것이다. 그리고 이런 식의 변화는 영원히 계속될 것이다.

이와 같은 변화의 과정 속에서 내가 생겨났고, 나를 태어나게 한 부모도 생겨났으며, 이 과정은 무한으로 거슬러 올라간다. 따라서 우주는 정해진 주기에 따라 무한히 순환하는 것이라고 해도, 아주 틀린 말이 아니다.

14. 이성과 철학은 그 스스로 충분한 능력을 지니고 있다.

그것들은 자신만의 고유한 원리에서 시작하여 자신 앞에 설정되어 있는 목표를 향해 나아간다. 따라서 이 같은 행동을 '올바른 행동'이라 말하는 것은 그 행위들이 바른길을 따라 나아가기 때문이다.

15. 인간에게 속하지 않은 것이라면, 그것이 어떤 속성이든 인간의 것이라고 말할 수 없다. 또한 그것들은 인간에게 필요한 것도 아니다. 이는 인간의 본성이 그 같은 것을 약속하지도 않았고, 그로 인해 완성된 것도 아니기 때문이다. 또한 그것들은 인간의 본성이 자기 목적 달성을 위해 필요로 하는 수단도 되지 못한다. 따라서 그런 것들은 인간의 삶이 목표로 하는 것, 즉 선도 아니고, 인간이 선이라는 목표에 도달하는 데 도움을 주는 것도 아니다.

만일 그런 것들이 선한 것이고 인간에게 합당한 것이라면, 그런 것들이 어떤 사람에게 주어졌을 경우에 그것들을 멸시하거나 거부할 수는 없었을 것이다. 그리고 그런 것들 없이 지낼 수 있는 능력을 지녔다 해서 칭찬받지도 않았을 것이다. 또한 그것들을 참된 선(善)이라고 인정하면서도, 실제로는 그 진가를 인정하지 않는 행위 역시 마찬가지일 것이다.

하지만 실제로는 어떤 사람이 그런 것들로부터 벗어나서 초연하게 지낼수록, 그 사람은 더 선한 자다.

16. 당신의 품성은 당신이 어떤 생각들을 자주 하느냐에 따라 결정된다. 정신을 어떤 색깔로 물들이는 것은 생각들이기 때문이다. 그러므로 끊임없이 다음과 같은 생각들로 당신의 정신을 물들여라. 예컨대, 인간은 어디서든 선하게 살 수 있다. 사람은 궁정에서도 살아갈 수 있고, 궁정에서도 얼마든지 선하게 잘 살아갈 수 있다.

또한 모든 존재는 어떤 목적을 위해 만들어졌기 때문에 언제나 그 방향으로 나아간다. 그리고 각각의 존재가 지향하는 곳에 그 존재의 목적이 있고, 어떤 존재의 목적이 있는 곳에 그 존재의 유익과 선도 있다. 그런데 이성적인 존재에게 있어서의 선은 바로 사회(社會)이다.

인간이 사회를 위해 만들어졌다는 것은 명백한 사실이다. 이러한 이성을 가진 인간이 이상으로 삼아야 할 선(善)은 바로 이웃과의 평화이다.

또한 생명을 지닌 것은 생명을 지니지 않은 것보다 우월하고, 생명을 지닌 것 중에서 가장 우월한 것은 이성을 지닌 존재이다.

17. 불가능한 것을 얻으려고 하는 행위는 미친 짓과 같다. 그런데도 지각없는 자들은 그런 짓을 되풀이한다.

18. 우리에게 본성의 힘으로 감당할 수 없는 일은 결코 일어나지 않는다. 다만, 자신에게 일어난 일을 제대로 알아차리지 못하거나, 혹은 비상한 용기와 정신력을 과시하고 싶은 마음에 위축되지 않으려고 그저 버틸 뿐이다.

따라서 그와 같은 무지(無智)나 허세(虛勢)가 지혜(智慧)보다 더 강하다고 생각하는 것은 수치스러운 일이다.

19. 외부의 사물들은 그 자체로는 정신에 전혀 영향을 미칠 수

없고, 정신 속으로 들어올 수도 없으며, 정신을 바꾸어 놓거나 움직일 수도 없다. 오직 정신만이 자신을 바꾸고 움직이고, 외부로부터 자신에게 제시된 것들에 대해서는 자신이 옳다고 생각하는 것에 따라 판단한다.

20. 인간에게 선을 행하고 그들의 결점이나 과오를 용납해야한다는 점에서, 인간은 우리게 가장 가깝고 친밀한 존재이다. 그러나 어떤 사람들이 인간으로서 해야 할 일들을 가로막거나 방해한다면, 인간은 내게 있어 태양이나 바람, 야수처럼 우리와 전혀무관한 존재가 된다.

물론 그들이 내 활동에 방해가 될 수 있다고 해도, 내 감성이나이성에는 장애가 되지 못한다. 내게는 그때그때 환경과 조건에따라 작용하고 변화하는 능력이 있기 때문이다. 나의 의지와 기질은늘 자제되어 스스로 보호하고 그 환경에 적응하므로, 내 행동을방해하는 것들은 오히려 촉진제가 되기도 한다. 또한 내 길을 가로막고 있던 것들도 내 본성에 따라 전진하는 데 도움이 된다.

21. 우주 안에서 가장 고귀한 것을 존중하고 섬겨라. 그것이만물을 돌보고 지배하는 존재이다.

이와 마찬가지로 당신 자신에게 있어 최고의 것, 가장 고귀한부분을 존중하라. 그 부분 역시 우주의 이치와 동일한 일을 하기때문이다. 그 부분은 당신 안에 있는 다른 모든 것들을 활용해서,

당신의 삶을 지배한다.

22. 사회에 해가 되지 않는 것은 그 구성원인 개인에게도 해를 끼치지 않는다. 그런데도 자신이 무엇인가 피해를 입었다고 느껴진다면, '만일 이 사회가 피해를 입지 않았다면, 나도 피해를 입지 않았다.'는 원칙을 상기하라.

그러나 만일 사회가 피해를 입었다고 해도, 그 해를 입힌 자에게 분노하지 말고, 그가 무엇을 잘못했는지를 그에게 말해주는 것이 마땅하다.

23. 지금 눈앞에 존재하는 것들이나 새로 생겨나는 것들이 얼마나 빨리 우리 곁을 스쳐 지나가는지를 상기하라.

모든 존재하는 것들은 쉼 없이 흐르는 강물과 같다. 그 활동은 끊임없이 변화하고, 그 원인은 무수히 다양해서, 변함없이 그대로 정지해 있는 것은 거의 없다.

모든 것이 영원 속으로 사라져버리는, 과거와 미래라는 이 무한의 심연(深淵)을 생각하라.

따라서 주위의 것들이 마치 영원히 변하지 않을 것처럼 생각하거나, 고통이 영원히 계속될 것처럼 좌절하고 실의에 빠진 사람이 있다면, 그는 참으로 어리석기 짝이 없는 것이다.

그런 것들이 당신을 괴롭히는 것은 오직 한순간이며, 순식간에 지나가 버린다는 사실을 기억하라.

24. 우주의 총체적인 모습을 그려 봐라. 당신이라는 존재는 우주 중에서 아주 작은 부분에 지나지 않는다. 또한 당신에게 할당된 시간은 무한한 영겁의 시간 중에서 찰나에 지나지 않는다.

운명에 의해 결정된 것들을 생각해보고, 그중에서 당신이 차지하고 있는 부분이 얼마나 작고 보잘것없는 것인지를 상기하라!

25. 다른 사람이 당신에게 잘못을 저지르고 있는가? 그렇다면 그것은 당신과는 무관한 것이며, 오히려 그 사람의 몫일 뿐이다. 그의 기분과 그의 행동은 어디까지나 그에게 속한 문제이기 때문이다.

당신은 지금 우주의 섭리가 당신에게 주고자 한 것들을 받아들일 뿐이며, 본성이 당신에게 원하는 것들을 행할 뿐이다.

26. 당신의 정신을 지배하고 주도하는 이성이 당신의 육신 안에서 일어나는 격렬한 움직임들에 휘둘리지 않도록 유의하라.

이성을 그러한 움직임들과 섞이지 않도록 하고, 철저하게 독립성을 유지하면서 고유한 영역 내에서만 활동하게 하라. 그러나 만일 그러한 움직임들이 다른 고유한 공감 작용에 의해 당신의 정신이나 마음속에서 어떤 감각들을 불러일으킬 경우, 굳이 그 감각들을 뿌리치려고 애쓰지 마라. 그것은 자연스러운 것이기 때문이다. 다만 이러한 감각들을 선이라거나 악이라고 판단하는 일만은 삼가야 한다.

27. 신들과 더불어 살아가라.

당신의 정신이 당신에게 부여한 운명에 늘 만족하고, 순순히 받아들이고, 신성의 뜻을 행하고 있다는 것을 신들에게 알게 하는 사람은 신들과 함께 살아가는 자들이다. 여기에서 신성이라는 것은 각 사람의 정신과 이성이다.

28. 당신은 겨드랑이에서 고약한 냄새가 나거나 입에서 악취가 나는 사람에게 화를 내는가? 하지만 그러한 분노가 당신에게 무슨 소용이 있겠는가? 그 사람은 냄새나는 겨드랑이와 입을 가졌기 때문에 거기에서 악취가 나는 것은 어쩔 수 없는 일이지 않은가.

그러나 어찌 됐든 그에게도 이성이 있으므로, 그가 조금이라도 주의를 기울여서 살펴본다면 왜 사람들이 자신에게 화를 내는지 알 수 있을 거라고 생각하라. 그것이 옳은 생각이다.

또한 당신도 이성을 부여받은 사람이다. 그렇다면 당신이 이성적으로 그 사람을 깨우쳐 주고 충고해주어, 그에게서 이성적인 반응을 불러일으켜라.

만약 그가 당신의 말에 귀 기울인다면, 당신은 그를 바로잡게 될 것이기 때문에 분노할 필요가 없다.

29. 이 세상을 떠나면 다른 세상에서 당신이 원하는 대로 살고 싶을 수도 있겠지만, 당신이 원하는 삶은 여기 이 세상에서도 얼마든지 살 수 있다.

그러나 만일 사람들의 방해로 그런 삶을 살 수 없다면, 그때 이 세상을 떠나라. 하지만 그때도 당신은 사람들이 당신에게 뭔가를 잘못해서 이 세상을 떠나기로 한 것처럼 보여서는 안 된다. 그저 '방에 연기가 자욱하여 밖으로 나가는 것'쯤으로 여겨라. 세상을 떠나는 것이 마치 큰일이라도 된다는 듯 수선 떨 필요가 전혀 없다.

그러나 누군가가 그런 식으로 나를 내쫓지 않는 한, 나는 자유인으로 살 것이다. 주인은 바로 나이기 때문이다. 내가 원하는 것들을 하며 살아가는 것을 그 누구도 막지 못하지만, 나는 이성적이고 사회적인 존재로서의 본성에 맞는 삶을 선택하고 행동할 것이다.

30. 우주의 정신은 사회적인 것이다. 그 정신은 보다 우월한 것들을 위해 열등한 것을 만들었으며, 또한 우월한 것끼리는 서로 조화를 이루어 협력하게 했다.

우리가 알고 있듯이, 우주의 정신은 질서를 세우고, 격식을 주고, 적당한 위치를 지정해 놓음으로써, 모든 것에 저마다의 가치를 부여했다. 그리하여 우월한 존재들은 서로 화합하여 하나가 되게 하였다.

31. 당신은 지금까지 신들을 어떻게 대해 왔는가? 또한 부모, 형제, 자녀, 스승, 친구, 친척, 하인들에게는 어떻게 처신해 왔는

가? 당신은 지금까지 그들 모두에 대해 '나는 누구에게도 악을 행하거나 악한 말을 하지 않았다.'고 진심으로 말할 수 있는가?

또 당신은 오늘날까지 얼마나 많은 것들을 경험했으며, 얼마나 많은 것들을 참아 냈는지 생각해 봐라.

당신의 한 생애가 끝나고 타인에 대한 봉사도 막을 내린 지금, 당신은 그동안 아름다운 것들을 얼마나 많이 보아 왔으며, 얼마나 많은 쾌락을 외면하고 고통을 극복해 왔는지, 또 야망을 이루고 영광을 누릴 기회는 얼마나 많이 회피했으며, 못되고 냉정한 인간들에게 얼마나 많은 친절과 배려를 베풀었는지 돌이켜 봐라.

32. 유능하고 현명한 정신들이 미숙하고 무지한 정신들에게 왜 낭패를 당하는가? 그런데 진실로 유능하고 현명한 정신은 무엇인가? 그 정신은 우주의 시작과 끝을 알고, 모든 존재에 대해 알고 있으며, 일정한 주기에 따라 영원한 순환 속에서 우주 전체를 다스리는 이성을 아는 정신이다.

33. 머지않아 당신의 육체는 앙상한 뼈만 남아, 끝내는 한 줌의 재가 될 것이다. 그리고 남는 것이라곤 이름뿐이거나, 심지어 그 이름조차도 금세 사라질 것이다.

인간들이 인생에서 소중히 여기는 것들은 모두 공허하고 헛된 것이다. 인간들은 서로를 물어뜯는 강아지나, 싸웠다가는 금방 웃고 또 금방 울음을 터뜨리는 어린애와 다를 바 없다.

믿음과 겸양과 정의와 진리는 '험악한 대지를 떠나 멀리 올림포스산으로 올라'* 그 자취를 감추고 말았다. 그런데도 아직까지 당신을 이 지상에 붙잡아 두고 있는 것은 무엇인가?

감각의 대상이란 수시로 변하고, 잠시도 머물러 있지 않으며, 쉽게 오도되고 둔해지는 것이다. 가엾은 영혼 그 자체도 피에서 증발된 증기에 불과한 것인데, 이 같은 세상에서 명성과 찬양은 허망할 따름이다.

종말이 소멸이거나 혹은 다른 상태로의 이동이라 해도 상관없다. 당신은 그저 평온한 마음으로 기다리면 된다. 그렇다면 그 종말이 닥쳐올 때까지 필요한 것이란 대체 무엇인가?

그것은 바로 신을 경배하고, 다른 사람들에게 선행을 베풀며, 인내와 자제력을 키우고 정진하는 것이다. 그러나 자신의 허약한 육체와 호흡의 한계 내에 있는 모든 것들은 당신의 것이 아니며, 또한 당신의 능력에 속하는 것도 아님을 기억하라.

* '험악한 대지를 떠나 멀리 올림포스산으로 올라' : B.C. 7세기경 활동한 고대 그리스의 서사시인 헤시오도스(Hesiodos)의 시구(詩句).

34. 만일 당신이 올바른 길로 나아가고 자연의 순리에 따라 생각하고 행동한다면, 당신의 삶은 평온하게 흘러갈 것이다.

신과 인간, 그리고 모든 이성적 존재의 정신에는 두 가지 공통점이 있다.

첫째는 외적인 요소에 의해 절대 방해를 받지 않는다는 것.

둘째는 정의로운 성품과 정의로운 행동 속에 자신의 선이 있다는 것을 알고서 오직 그런 것들만을 원하고 추구하는 것이다. 그리고 이것만이 당신의 욕망을 자제할 수 있다.

35. 만일 이것이 내 잘못이 아니고, 내 잘못의 결과도 아니며, 또한 사회 질서에 해악을 끼치는 것도 아니라면, 내가 그 일에 신경 쓸 이유가 없지 않은가.

36. 당신의 능력이 허락하고, 그럴 만한 가치가 있는 일이라면 도움이 필요한 사람들을 도와주어라.

그러나 어떤 사람이 선악과 관계없는 중립적인 일들에서 손해를 보고서 근심하는 것이라면, 당신은 그 사람이 큰 해를 입었다고 생각하지 마라. 그것은 바른 생각이 아니다.

그럴 때는 옛날 어떤 노인처럼 행동하라. 그 노인은 세상을 떠나기 직전에 노예 소녀가 가진 팽이가 그다지 필요한 것이 아닌데도, 그것을 소중한 보물로 인정하고 굳이 달라고 청했다.* 그런 일들은 아무런 가치도 없는 일이지만, 어리석은 사람에게는 중요하다. 그렇다면 당신은 그들과 똑같이 어리석은 자가 되겠다는 것인가?

나는 한때 행운을 잡았던 사람이었으나 그것을 잃어버리고 말

았다. 그것이 어떤 것이었는지는 나도 모른다. 그러나 나는 행복
하다. '행복하다'는 감정은 나 자신에게 스스로 부여하는 것이기
때문이다.

　나는 무엇을 해도 행운이 따르던 때가 있었다. 하지만 진정한
행운은 자신이 정하는 것이다. 진정한 행운은 영혼의 선한 기질이
며, 선한 감정, 선한 행동인 것이다.

　* 노인은 그 팽이가 소녀에게는 아주 소중하고 귀중한 보물
이라고 생각했다.

　마르쿠스는 다른 사람의 어려운 처지를 보면 이처럼 동정해
야 한다고 말했다. 실제로 아무런 피해를 입지 않았다고 해도
그렇게 해야 한다는 것이다. ― 편집자 주

6
자연의 순리에 대하여

1. 우주의 실재는 온순하고 유연하다. 그리고 그 실재를 지배하는 이성은 악을 행할 동기를 전혀 갖고 있지 않다. 이성은 악의를 품지 않고, 악을 행하지 않으며, 아무것에도 해를 끼치지 않기 때문이다. 만물은 이성에 의해 생성되고 완성된다.

2. 당신이 자신의 의무를 수행할 때는 춥든 덥든, 졸리든 푹 잤든, 남에게 욕을 먹든 칭찬을 듣든, 죽을 지경이든 그 밖의 다른 난처한 지경에 이르렀든 간에 개의치 말고 행하라.
죽는 것도 인생의 한 부분이므로, 죽음을 눈앞에 두었더라도 당신에게 맡겨진 일을 잘 하면 그것으로 충분하다.

3. 내면을 잘 살펴봐라. 그것이 무엇이든 고유의 성질과 가치를

간과해서는 안 된다.

4. 우주의 실재는 하나의 통일체이기 때문에, 모든 존재하는 것들은 이내 변화되어서 증기로 화하거나 원자들로 분해되어 흩어질 것이다.

5. 우주를 주관하는 이성은 자신의 성향을 알고, 자신이 무슨 일을 할지를 알며, 어떤 질료에 작용해서 그 일을 해낼지를 안다.

6. 최선의 복수는 상대방이 자기에게 저지른 악을 행하지 않는 것이다.

7. 당신의 생각을 온통 신에게 집중하고, 사회를 위해 일하는 것을 당신의 기쁨으로 삼고 거기서 안식을 찾아라.

8. 우주를 주관하는 이성은 스스로 자각하고, 스스로 변화하며, 원하는 대로 자신을 형성하고, 모든 일을 자신이 원하는 모습으로 나타나게 한다.

9. 모든 일은 우주의 본성에 따라 이루어진다. 외부로부터 어떤 것을 둘러싸고 있거나, 어떤 것 안에 둘러싸여 있거나, 어떤 것의 외부에 붙어 있는 다른 어떤 본성이 그것을 완성할 수는 없다.

10. 우주는 혼돈 및 원자들의 뒤얽힘과 해체일까, 아니면 하나의 통일성과 질서와 섭리일까?

만일 전자라면, 모든 것이 무작위로 엉망진창이고 뒤죽박죽되어 있는 혼돈 속에서 내가 살아갈 이유가 무엇인가? 다시 '흙으로 돌아가는'(호메로스 <일리아스> 7, 99에서 인용한 문장) 것 외에 거기에서 내가 바랄 것이 무엇이 있겠으며, 무엇 때문에 고민하고 불안해한단 말인가. 내가 무엇을 해도, 결국 나를 구성하고 있는 원소들은 흩어져버릴 것 아닌가.

하지만 후자라면, 나는 만물을 다스리는 이를 신뢰하고 공경하며 굳건히 서 있게 될 것이다.

11. 주위 환경 때문에 당신이 불안해지고 혼란스러워질 수밖에 없게 되면, 재빨리 자기 자신으로 되돌아가고, 필요 이상으로 불안과 혼란 속에 노출되어 있지 마라. 끊임없이 자기 자신으로 되돌아간다면, 당신은 처해 있는 환경을 좀 더 잘 다스려서 조화를 유지할 수 있을 것이다.

12. 만약 당신에게 계모와 생모가 동시에 있다면, 당신은 계모에게 도리를 다하면서도 마음은 끊임없이 생모에게로 향할 것이다. 궁정과 철학은 당신에게 이와 같은 관계로, 궁정이 계모이고 철학이 생모이다. 그러므로 당신은 늘 철학으로 돌아가 거기서 안식을 얻어라. 그렇게 하면 당신은 궁정에서의 삶을 감당할 수

있고, 궁정 안에서 괴팍한 사람이 되지 않을 수 있을 것이다.

13. 고기로 만든 요리나 이런저런 맛있는 음식을 보게 되면 이 음식은 죽은 물고기이고 저 음식은 새 또는 돼지의 사체라고 생각하고, 팔레르누스(Falernus, 지금의 팔레르노)산(産) 포도주를 보았을 때는 포도송이의 즙일 뿐이라고 생각하며, 자주색으로 가장자리를 두른 값비싼 옷을 보게 되면 조개의 피에 적신 양모일 뿐이라고 생각하고, 성관계는 성기의 마찰과 흥분에 의한 점액의 분비라고 생각하는 것은 꽤 괜찮은 발상이다.

이러한 발상은 사물들이 주는 피상적인 인상을 꿰뚫고 들어가서 그 핵심을 파악함으로써 사물들의 진정한 모습을 볼 수 있게 해준다. 이와 마찬가지로 당신도 일생에 걸쳐 이와 같은 태도로 행동하는 것이 바람직하다. 어떤 것들이 그럴듯해 보이면, 그것들을 적나라하게 벌거벗겨서 그 누추함과 초라함을 드러낸 다음, 그것들이 사람들 가운데서 누려 왔던 영광과 자랑을 벗겨내야 한다. 자만심은 당신을 잘못된 길로 인도하는 가장 무서운 거짓 스승이며, 당신이 가치 있는 일을 하고 있다고 생각하고서 스스로 자기만족에 빠져 있을 때가 가장 그 속임수에 속기 쉬울 때다.

그러므로 크라테스(Crates)*가 크세노크라테스(Xenocrates)에게 한 말을 상기하라.

* 크라테스(Crates) : 그리스 테베 출생. 자연과 일치된, 자

연스러운 삶을 추구하는 견유학파의 철학자로 디오게네스의 제자. 자기 재산을 버리고 악덕과 허위를 고발하는 것을 사명으로 삼았으며, 심각한 시를 익살스럽게 개작하는 재능이 있었다. 그는 이 수법을 이용해 다른 철학자들을 조롱했으며 견유학파의 생활 방식을 찬미했다. 크세노크라테스(Xenocrates)에게 무슨 말을 했는지는 전해지지 않는다.

14. 대부분의 보통사람이 감탄하는 것들은 광석이나 목재처럼 자연에 의해 원소들이 단단하게 결합되어 있는 것들이거나, 무화과나무나 포도나무나 올리브나무처럼 자연의 통일로 인해 결합되어 있는 것이다.

그들보다 좀 더 성숙한 사람들은 소 떼나 양 떼처럼 생명에 의해 결합되어 있는 것들을 보며 감탄하고, 한층 더 성숙한 사람들은 이성적인 정신에 의해 결합되어 있는 것들에 감탄한다.

그러나 이것은 보편적인 이성을 가진 영혼을 말하는 것이 아니라, 어떤 기술에 정통하거나 특정 분야의 숙련자이거나 또는 단지 많은 노예를 소유하고 있는 영혼을 일컫는다.

그런데 이성적이고 보편적이며 사회적인 정신을 존중하는 사람은 다른 것에는 전혀 눈을 돌리지 않는다. 다만 자신의 정신과 그 활동이 그 자체에 있어서나 그 활동에 있어서 이성적·보편적·사회적인 것이 되도록 무엇보다도 유의하며, 그리고 그러한 목적을 위해서 자신과 같은 생각을 지닌 사람들과 협력하여 부단히 노력할 뿐이다.

15. 어떤 것들은 생성을 향해 급히 달려가고, 어떤 것들은 소멸을 위해 급히 달려가며, 생성을 향해 달려가는 것들의 일부는 이미 소멸을 겪고 있다. 그칠 줄 모르는 시간의 흐름이 영겁의 시간을 늘 새롭게 하듯이, 유전(流傳)과 변화는 우주를 끊임없이 새롭게 한다.

모든 것을 휩쓸듯이 흘러가는 이 흐름 속에서 모든 것이 우리 눈앞을 순식간에 스치고 지나가 버리는데, 우리는 무엇을 존중할 수 있단 말인가. 그것은 마치 우리 옆을 날아가는 참새 중 한 마리를 사랑하는 것과 마찬가지다. 그런데 그 참새는 벌써 시계(視界) 밖으로 날아가 버렸다.

사실 우리의 생명은 피에서 발산되어 나오는 증기이자 공기로부터 흡입하는 호흡일 뿐이다. 매 순간마다 우리가 한번 공기를 들이마셨다가 내뱉는 것처럼(그것은 우리가 순간순간 하고 있는 일이지만) 어제나 그저께 당신이 태어났을 때 받은 모든 호흡 기능을, 처음에 당신이 숨을 들이마신 대기에 되돌려주는 것(죽음)과 전혀 다르지 않기 때문이다.

16. 식물처럼 호흡하거나, 가축 또는 들짐승처럼 날뛰거나, 감각기관들을 통해 인상을 받거나, 꼭두각시처럼 충동대로 움직이거나, 떼를 지어 모여들거나, 음식을 섭취해서 자양분을 얻는 것

은 아무 가치도 없다. 그것은 음식을 먹고 다 소화시킨 후에 그 찌꺼기를 배설하는 것과 같은 일이다.

그러면 무엇이 가치 있는 것인가? 박수갈채를 받는 것인가? 아니면, 인구에 회자되는 것인가? 그건 아니다. 왜냐하면 대중의 칭찬은 혀끝에서 나오는 것에 불과하기 때문이다.

당신이 무가치한 명예도 버렸다면, 무엇이 가치 있는 것으로 남는가? 내가 생각하기에는 당신에게 주어진 고유한 본질에 따라 활동하거나 혹은 활동을 자제하는 것이다. 모든 직업이나 기술도 거기에 목적을 둔다. 모든 기술의 목표는 어떤 제품을 그 제품의 목적에 맞게 만들어내는 데 있기 때문이다. 포도를 재배하는 농부나 망아지나 개를 길들이는 조련사도 이러한 목적을 추구한다. 또한 자녀들을 훈육하고 가르치는 목표도 그러하다. 이러한 것들이야말로 가치 있는 일이다.

이러한 것들은 진정으로 당신에게 가치 있는 일이기 때문에, 당신이 그것을 굳건하게 해나간다면 당신 자신을 위해 다른 무엇인가를 하거나 얻으려고 한눈팔지 않을 것이다. 그런데도 당신은 그 밖에 다른 많은 것을 가치 있다고 생각하는가? 그렇다면 당신은 자유롭지도 못할 것이고, 만족할 줄 아는 인간도 될 수 없으며, 또한 감정과 기분에 휘둘리는 것으로부터도 벗어나지 못할 것이다. 그럴 경우 당신은 그런 것들을 당신에게서 빼앗으려는 사람들을 의심하고 시기하고 질투할 수밖에 없게 될 것이고, 당신이 소중히 여기는 것을 소유한 사람에게서 그런 것들을 빼앗으려고 음모를 꾸밀 것이 정한 이치이기 때문이다. 요컨대 당신은 자신이 소중히 여기는 것을 단 한 가지라도 갖지 못하면 초조해하거나 불안해할 수밖에 없으며, 때에 따라서는 신들을 비난하고 욕하게 될 것이다.

그러나 자기 자신의 정신을 존중한다면, 당신은 자기 자신에게 만족하고 사람들과 화합할 것이다. 또한 신들에게는 그들이 당신에게 정해주고 베풀어준 모든 것들에 대해 감사하면서 그들의 뜻을 기꺼이 받아들이며 찬미하게 될 것이다.

17. 원소는 위로, 아래로, 또는 원을 그리면서 빙글빙글 돌기도 하는 등 제멋대로 움직인다. 그러나 덕의 작용은 이와 달라서 보다 신성하며, 우리가 알지 못하는 신비로운 길을 따라 자신이 나아가야 할 곳을 향해 거침없이 나아간다.

18. 인간의 행태 중에 납득하기 힘든 것이 있다! 그들은 자기와 같은 시대에 사는 사람들은 칭찬하려고 하지 않는다.

그런데 그들은 자기가 본 적도 없고, 앞으로 볼 수도 없을 후세 사람들에게 칭송받는 것에는 가치를 둔다. 하지만 그것은 당신의 조상들이 당신을 칭찬하지 않았다고 해서 화를 내는 것과 무엇이 다르겠는가.

19. 어떤 일을 당신이 해내기 어렵다고 해서, 다른 사람도 해낼

수 없는 일이라고 생각하지 마라. 그 일은 인간이 해낼 수 있는 일이기 때문에 당신도 그 일을 해낼 수 있다고 생각하라.

20. 우리는 경기장에서 상대방의 손톱에 긁히거나 머리를 부딪쳐서 상처를 입기도 한다. 그런 경우 우리는 상대방에게 항의하거나 불쾌하게 생각해서는 안 되며, 상대방을 교활한 놈이 아닌가 하고 의심해서도 안 된다. 우리는 경기가 벌어지고 있는 내내 그를 적으로 여기거나 의혹을 품지 않되, 다만 그의 행동을 예의주시하면서 그의 공격을 피하는 것이 바람직하다.

우리는 인생의 다른 분야에서도 마찬가지로 행동해야 한다. 우리와 함께 경기하고 있다고 생각되는 사람들에게 많은 면에서 너그럽고 관대하게 대해야 하지 않겠는가. 내가 방금 말했듯이, 우리는 남에게 의혹을 품거나 미워하지 않고서도 얼마든지 그들의 공격을 조용히 피할 수 있기 때문이다.

21. 만일 누가 내 생각이나 행동이 잘못되었다는 것을 증명하며 나를 깨우쳐 준다면, 나는 기꺼이 그것을 받아들여 바로잡을 것이다. 나는 오직 진리를 구할 뿐이며, 진리는 그 누구에게도 해를 입히지 않는다. 이와 반대로 자기의 오류와 무지 속에 머물러 있는 사람은 해를 입는다.

22. 나는 나에게 주어진 임무를 다하고자 한다. 그 밖의 다른

것들에는 관심을 두지 않을 것이다. 다른 것들은 생명이 없거나 이성이 없는 것들이거나, 길을 잃어서 참된 길을 알지 못하는 것들이기 때문이다.

23. 이성이 없는 동물들과 일반적인 모든 사물과 일들을 관대하고 아량 있는 태도로 대하라. 당신에게는 이성이 있고, 그것들에는 없기 때문이다.

그러나 인간에 대해서는, 그들도 이성을 갖고 있으므로 운명을 같이하는 동지처럼 대하라. 그리고 모든 일을 신들에게 호소하라. 신들에게 기도하는 데 아주 많은 시간을 들여야 하는 것은 아닌가 하고 염려하지 마라. 세 시간만으로도 충분하다.

24. 마케도니아의 알렉산더 대왕이나 그의 마부나 죽어서는 같은 신세가 되었다. 두 사람 다 우주의 근원인 이성으로 되돌아가거나, 아니면 원자들로 해체되어 흩어졌으니 말이다.

25. 매 순간마다 우리 모두의 육신과 정신에 얼마나 많은 일이 일어나는가를 생각해 봐라. 그러면 우리가 우주라고 부르는 유일하고도 보편적인 것 속에서 무수히 많은 것이 동시에 존재할 뿐만 아니라, 그것보다 더 많은 일이 동시에 일어난다고 하더라도 더 이상 이상한 일이 아니게 될 것이다.

26. 만일 어떤 사람이 당신에게 "안토니누스라는 이름은 어떻게 쓰느냐?"고 묻는다면, 당신은 그 이름을 구성하고 있는 글자를 하나하나 힘차게 발음해서 들려줄 것이다. 그런데 만일 그 경우에 그가 화를 낸다면 당신은 어떻게 하겠는가? 똑같이 화를 내지 않고, 흔들리지 않는 모습으로 글자 하나하나를 열거하는 것이 바람직할 것이다.

이와 마찬가지로 이 세상에는 당신이 살아나가면서 해야 하는 각각의 의무도 여러 부분이 한데 모여 결합된 것임을 잊지 마라. 당신은 그 부분들을 잘 분별해내서, 다른 사람들이 당신에게 화를 내는 말든 상관하지 말고, 그 하나하나를 순서를 밟아 체계적으로 침착하게 완성해 나가야 한다.

이것을 지키고, 화를 내는 사람에게는 똑같이 화를 내지 말고, 당면한 일을 하나씩 수행해나가야 한다.

27. 사람들에게 그들의 본성에 맞는 유익한 것을 추구하지 못하게 한다면, 이는 얼마나 잔인한 일인가! 그런데 상대방이 잘못을 저질렀다고 해서 화를 낸다면, 어느 의미에서는 그런 식으로 방해하고 가로막는 것이다. 왜냐하면 인간은 일반적으로 자기 본성에 맞고 유익해 보이는 것들에 끌려서 그렇게 했을 것이 분명하기 때문이다.

"그러나 사실은 그렇지 않다."

그렇다면 화를 내지 말고 그들이 무엇을 잘못했는지를 보여주고 가르쳐 주어야 한다.

28. 죽음은 감각으로 인해 우리가 받는 인상들, 우리를 꼭두각시로 만드는 충동들, 갈피를 잡지 못하고 이리저리 헤매는 생각들, 육신의 고된 노역에서 벗어나는 것이다.

29. 세상에서 당신의 육신이 아직 굴복하지 않았는데, 정신이 먼저 굴복한다는 것은 수치스러운 일이다.

30. 카이사르(황제)와 같은 사람이 되거나, 카이사르의 색깔(황제 노릇)에 물들지 않도록 조심하라. 그렇게 되기가 쉽기 때문이다. 늘 단순하고, 선량하며, 순수하고, 품위 있고, 허식 없는 인간이 돼라. 정의의 편에 서며, 신을 경외하고, 친절하고 자애로우며, 자신의 의무를 과감히 수행하는 인간이 돼라. 철학이 만들어내고자 하는 그런 이상적인 사람이 되기 위한 노력을 계속하라. 신들을 경외하고, 남에게 힘이 되어주라.

인생은 짧다. 우리가 이 땅에서 일생을 산 다음에 얻을 수 있는 것은 고매하고 정의로운 성품과 사회를 위한 행위들뿐이다.

모든 일을 안토니누스의 제자답게 행하라. 이성에 합당한 행동을 하려는 그의 끈질긴 노력, 모든 일을 공평하게 처리하려는 그의 태도, 경건하고 온화했던 그의 표정, 온유하고 자애로운 성품, 헛된 명성을 경멸하고 자만심을 경계하는 정신, 모든 일을 정확하게 파악하는 데 심혈을 기울였던 것을 생각하라.

그는 무슨 일이든 먼저 잘 검토하여 분명히 알게 될 때까지는 손에서 놓지 않았으며, 자신을 부당하게 비난하는 자에게도 반박하지 않고 참아나갔다. 그는 어떤 일이 닥쳐도 당황하거나 조급하게 서두르지 않았으며, 남의 모함에 귀 기울이지 않았고, 사람들의 성품과 기질과 행동을 세밀하게 살펴서 고려했다. 그는 잔소리도 많이 하지 않았고 소심하지도 않았으며, 남을 의심하지도 않았고 궤변을 늘어놓지도 않았다. 집, 침대, 의복, 음식, 시종 등도 최소한으로 만족했으며, 힘써 일하기를 좋아하고 참을성이 있었다. 그리고 그는 간소한 식사로 저녁때까지 견뎠기 때문에 자주 용변이나 소변을 볼 필요가 없어서 온종일 계속해서 일할 수 있었다. 그리고 친구들과의 우정을 소중하게 여겼으며, 언제나 한결같이 대했다. 자신의 의견에 공공연히 반대하는 사람들을 용납했고, 좋은 충고를 해주는 사람이 있으면 무척 기뻐하면서 받아들였다. 또한 신을 경외하면서도 미신에 빠지는 일이 없었다.

이 모든 것을 명심하고서 지켜나간다면, 당신도 인생의 마지막 때가 닥쳐올 때 안토니누스가 그랬던 것처럼 마음의 평정을 유지할 수 있을 것이다.

31. 건전한 정신으로 돌아가서 자기를 되찾아라. 잠에서 깨어나 당신을 괴롭혀온 것이 꿈에 지나지 않았다는 것을 깨달았다면, 이제는 당신이 깨어 있을 때 당신 눈에 보이는 모든 것들이 당신

꿈속에서 일어나고 있는 일들이라고 생각하라.

32. '나'라는 존재는 육신과 정신으로 이루어져 있다.

사실 육신은 선과 악을 구별할 수 없기 때문에 육신에 있어서는 모든 것이 가치 중립적이다. 따라서 육신에는 선이나 악이 존재하지 않는다.

그러나 정신에 있어서는 자신의 활동 영역에 속하지 않는 것은 아무래도 무방하지만, 그 작용 안에 속해 있는 모든 것은 정신의 지배 아래 있다. 다만 그중에서도 오직 현재와 관련된 것만이 문제가 되는데, 아무래도 미래와 과거의 활동은 현재와는 상관없는 것으로서 선하지도 악하지도 않기 때문이다.

33. 발이 발의 역할을 하고 손이 손의 역할을 하는 동안에는, 발이나 손이 그런 일을 하면서 느끼는 고통은 자연이나 본성을 거스르는 것이 아니다. 마찬가지로 인간이 인간의 본분을 다하는 동안에는, 인간이 그런 일을 하면서 느끼는 고통은 자연이나 본성을 거스르는 것이 아니다. 그 고통이 자연이나 본성을 거스르는 것이 아니라면 당연히 악도 아니다.

34. 쾌락이 무엇인지를 알려면 강도들, 변태성욕자들, 살인자들, 폭군들이 바로 쾌락을 한껏 누린 자들이라는 것을 생각해 봐라.

35. 장인(匠人)들이 일을 할 때는 비전문가인 고객의 요구를 어느 정도까지는 들어주지만, 그런데도 자신이 하는 일에서 지켜야 할 원리를 소홀히 하거나 포기하는 것은 참을 수 없어 한다. 이러한 사실을 당신은 모르는가?

건축가나 의사도 자신의 기술을 사용할 때 지켜야 할 원리들을 절대로 포기하지 않고 존중하는데, 인간이 신들과 공유(共有)하고 있는 자신의 이성을 존중하는 것이 그들보다 못하다면, 그것은 참으로 이상한 일이 아니겠는가.

36. 아시아나 유럽도 우주의 한 모퉁이다. 모든 대양은 우주 속의 한 방울의 물에 지나지 않고, 아토스(Athos)산(트라키아의 칼키디케에서 에게해 쪽으로 돌출된 반도에 있는 험준한 산. 높이 약 1,900미터)은 우주 속의 한 줌 흙에 불과하다. 현재의 시간은 모두가 영원 속의 한 점(點)이다. 모든 것은 작고, 변하기 쉽고, 소멸해가고 있다.

만물은 저 하나의 근원으로부터, 곧 우주를 다스리는 이성으로부터 직접 생기거나 혹은 그 인과관계(因果關係)에 따라 생겨난다. 사자의 쩍 벌린 입이나 독(毒)이나 가시나 진흙처럼 해로운 것도 저 장엄하고 아름다운 이성의 부산물에 지나지 않는다. 그러므로 그런 것들을 당신이 소중히 여기는 이성과는 아무 상관없다고 생각해서는 안 된다. 그런 것들을 포함한 만물의 근원을 생각하라.

37. 현재 존재하는 것들을 본 사람은 무한한 과거로부터 존재해온 것들을 본 것이며, 또한 무한히 존재하게 될 모든 것을 본 것이다. 만물은 동일한 기원(起源)을 갖고 있고, 동일한 형태를 유지하며 하나로 연결되어 있기 때문이다.

38. 우주 안에 존재하는 만물은 서로 긴밀하게 연결되어 있고 서로 결합되어 있다는 것을 자주 생각하라. 만물은 어떤 식으로든 서로 얽혀 있어서 서로에 대해 친밀감을 느낀다.

만물은 서로 간에 밀고 당기는 운동, 하나의 동일한 정신을 통한 서로 간의 공감, 모든 존재의 하나됨으로 인해 서로 맞물려 있기 때문이다.

39. 당신은 당신 몫으로 주어진 환경에 자신을 조화시켜라. 운명이 당신에게 정해준 사람들을 진심으로 사랑하라.

40. 기구나 도구나 그릇은 그 용도(用途)에 맞는다면 아무런 문제가 없다. 그러나 이것들을 만든 사람은 이것들의 외부에 있기 때문에 이것들에 관여하지 않는다. 반면에 우주의 본성에 의해서 유기적인 통일체를 이루고 있는 존재들은 이것들을 만든 힘이 이것들 속에 있고, 줄곧 이것들과 함께 있다. 그러므로 당신은 그 힘을 존중해야 한다.

그리고 만일 당신이 그 힘의 의지에 따라 존재하고 행동한다면,

모든 것이 당신 안에 깃들어 있는 본성의 의지를 따르고 있는 것임을 깨달아야 한다. 마찬가지로 우주를 이루는 모든 것들은 우주의 본성이 지닌 의지를 따른다.

41. 스스로 선택할 자유가 없는 것들 가운데 당신에게 이롭거나 해로운 것이 무엇이든 간에, 해로운 일이 닥치거나 이로운 것을 잃게 되면 당신은 신들을 원망하게 될 것이고, 그러한 일들의 실제적 원인이거나 원인으로 의심되는 사람들을 미워하게 될 것이다.
그런데 우리가 그런 것들에 가치를 부여하고서 행하는 많은 일이 사실은 잘못되고 불의한 일들이다. 반면에 우리의 힘으로 할 수 있는 것들에 대해서만 우리에게 이로운 것이거나 해로운 것으로 생각한다면, 신을 비난하거나 사람들을 미워할 이유는 존재하지 않게 된다.

42. 우리는 모두 ─ 어떤 사람은 그것을 자각하고 이해하면서, 어떤 사람은 전혀 의식하지 못하면서 ─ 하나의 목적을 이루기 위해 협력하고 있다. 헤라클레이토스(Heraclitos)가 말한 대로 '잠자는 사람도 일하고' 있으며, 우주에서 일어나는 일에 협력하고 있다. 그것도 각자가 서로 다른 방법으로. 심지어 그 일을 비난하는 사람이나 그 일에 반항하는 사람, 그 일을 방해하는 사람도 협력하고 있다. 우주는 이런 사람들도 필요로 하기 때문이다.
문제는 당신이 어떤 협력자의 축에 끼어 있는가를 인식하는 일이다. 우주를 주관하는 분은 어떤 식으로든 당신을 선용하여 협력자나 조력자들 사이에 당신의 자리를 만들어 줄 것이기 때문이다. 그러나 당신은 크리시포스(Chrysippos, B.C. 280년경의 스토아학파 철학자)가 언급하고 있는 '극 중의 야비하고 저속한 대목'과 같은 역할에 끼지 않도록 조심해야 한다.

43. 태양이 비의 역할을 할 수 있을까? 혹은 의술의 신 아스클레피오스(Asklepios, 그리스 신화에 나오는 치료, 진리, 예언의 신)가 과실을 맺게 하는 자*의 역할을 할 수 있을까? 또 수많은 별은 어떠한가? 그 별들은 제각각 다르지만, 하나의 동일한 목적을 위해 협력하고 있지 않은가.

　　* 과실을 맺게 하는 자 : 그리스 신화에서 농사를 관장하는 여신 데메테르(Demeter)라는 이름은 '곡식의 어머니' 또는 '어머니인 대지'를 뜻한다.

44. 만일 신들이 나에 대해 그리고 나에게 일어날 일에 대해 생각하고 결정을 내렸다면, 그 결정은 의심의 여지 없이 나에게 가장 유익한 최선의 결정일 것이다. 신이 사려 깊지 못하다는 것은 상상조차 할 수 없기 때문이다. 신들이 무슨 이유로 나를 해롭게 하려고 하겠는가. 그렇게 한다고 해서 신들에게나 신들이 특별히 돌보는 우주에 무슨 이득이 될 수 있겠는가.

내게 일어나게 되어 있는 것들이 신들이 나에 대해서 개별적으로 결정을 내린 것이 아니라, 단지 우주 전체의 유익을 위해 결정 내린 것의 부수적인 결과로서 이루어지는 것이라고 해도, 그것들을 기꺼이 받아들이고 이에 대해 만족하는 것이 마땅하다.

만일 신들이 그 어떤 것도 결정하지 않는 것이라면 ─ 이것을 믿는 것은 경건치 못한 일이지만 ─ 우리가 신들에게 제물과 기도를 드리거나 맹세하는 일을 할 필요가 없을 것이다. 이 모든 일을 행하는 것은 신들이 살아서 우리와 함께 거한다고 믿기 때문이니 말이다.

그러나 신들이 우리에 관한 그 어떤 일에 대해 아무것도 결정하지 않는다고 할지라도, 내게는 여전히 나 자신에 관해 결정을 내리고, 내게 이로운 것이 무엇인지를 생각할 능력이 있다. 그리고 자신에게 주어진 것들이나 자신의 본성에 부합하는 것들은 각자에게 이로운 것이다.

그런데 나의 본성은 이성적(理性的)이고 사회적이다. 따라서 안토니누스(Antoninus)로서 내가 속해 있는 도시와 국가는 로마이고, 인간으로서 내가 속해 있는 국가는 우주이다. 그러므로 다른 것들이 아니라, 바로 이 도시에 유익한 것만이 나에게는 선(善)이다.

45. 각 개인에게 일어나는 모든 일은 우주 전체의 유익을 위한 것이다. 그것만으로 이미 그 모든 일은 선하다.

그러나 좀 더 잘 생각해보면, 어떤 한 개인에게 유익한 것은 다른 사람에게도 유익하다는 것을 알 수 있다.

그런데 이 경우에 '유익하다'는 말은, 가치중립적인 일들에 적용할 때와 같이 좀 더 일반적인 의미로 해석되어야 한다.

46. 원형투기장(圓形鬪技場)이나 이와 비슷한 곳에서 행하는 경기나 공연은 언제나 같은 내용만 보여주므로 사람들에게 단조롭고 지루한 느낌을 준다. 당신도 진저리가 날 것이다.

모든 것의 생멸이 그러하듯, 늘 같은 원인들로 인해 똑같은 일들이 생겨났다가 사라진다. 도대체 이런 일들이 언제까지나 반복될 것인가.

47. 온갖 종류의 사람들, 온갖 직업의 사람들, 온갖 민족의 사람들이 죽었다는 사실을 절대로 잊지 마라. 필리스티온(Philistion, 소크라테스 시대의 희극 시인)이나 포이보스(Phoebus)나 오리거니언(Oregonian) 등에게까지 이 생각이 미쳐야 한다. 다시 다른 사람들에게 눈길을 돌려보자.

많은 위대한 웅변가들이나 많은 엄숙한 철학자들, 예를 들자면 헤라클레이토스(Heraclitos), 피타고라스(Pythagoras), 소크라테스(Socrates) 등이 사라진 뒤를 우리도 따라가야 한다. 그리고 수많은 옛 영웅들, 그 후에는 수많은 장군이나 폭군들, 에우독소스(Eudoxus, 플라톤의 제자, 수학자, 천문학자), 히파르코스(Hipparchos, 그리스의 천문학자, 수학자), 아르키메데스(Archimedes), 그 밖에 성격이 날카로운 사람들, 마음이 너그러운 사람들, 노고를 개의치 않는 사람들, 다재다능한 사람들, 메니포스(Menippos, 풍자문학을 창시한 그리스 철학자)나 그 밖에 그와 비슷한 많은 사람처럼 허망한 인생 자체를 비웃던 사람들도 모두 죽어서 땅속에 묻혀 있다는 사실을 생각해 봐라.

이제 그들에게 두려운 것이 무엇이 있겠는가? 그 밖에 이름조차 알지 못하는 무수한 사람들도 마찬가지다. 이 세상에서 유일하게 가치 있는 일은 오직 하나, 거짓말쟁이나 정의롭지 못한 사람들에게 자비와 관용을 베풀고 진실하고 바르게 일생을 보내는 것이다.

48. 당신 마음을 즐겁고 기쁘게 만들고 싶다면, 당신과 함께 살아가는 사람들의 좋은 점들을 떠올려 보라. 예를 들면, A라는 사람의 적극성, B라는 사람의 겸손, C라는 사람의 도량, 또 그 밖의 다른 사람들의 좋은 점을 생각해 봐라. 우리와 함께 살아가는 사람들의 성품 속에서 여러 가지 미덕들이 다양하게 나타나는 것을 생각해 볼 때만큼 즐겁고 기쁜 일은 없기 때문이다. 그러므로 우리는 언제나 그들의 모습을 머릿속에 그려 보아야 한다.

49. 당신은 당신의 몸무게가 100kg이 되지 못한다고 해서 불만 스럽게 생각하지 않을 것이다. 그런데 이미 오랜 세월 살아왔으면서도 앞으로 더 오래 살지 못한다고 하여 불평할 이유가 어디

있겠는가. 당신에게 주어진 물질의 양에 만족하고 있는 것처럼, 당신에게 주어진 시간의 양에도 만족하라.

50. 우선 사람들을 설득해봐라. 그들이 그것을 받아들이지 않더라도 정의의 원칙이 이렇게 확고할 때는 행동에 옮겨야 한다.

만일 폭력으로 당신의 길을 훼방하려는 자가 있으면 괜히 거기에 반발해서 고민하지 말고, 그 반대를 순순히 받아들여 당신의 힘을 다른 덕을 행하는 데 사용하라. 당신은 당신에게 주어진 여건 속에서 당신이 해야 할 일을 하려고 한 것일 뿐이고, 불가능한 일을 억지로 하려고 한 것이 아니었음을 상기하라.

그렇다면 당신의 목표는 무엇이었는가? 당신의 목표는 상황과 여건이 허락하는 한에서 당신이 해야 할 일이라고 느낀 것을 실행에 옮기는 것이 아니었는가. 그렇다면 그것으로 당신은 당신의 목표를 이룬 것이다.

51. 명예를 중시하는 사람은 자신의 행복이 다른 사람의 행위에 의해 영향을 받는다고 생각하고, 향락을 즐기는 사람은 자신의 행복이 자신의 감정에 의해 좌우된다고 생각한다. 그러나 이성을 가진 사람은 자신의 행복이 자신의 행위에 의해 결정된다고 생각한다.

52. 우리는 어떤 일에 대해 판단 자체를 하지 않고, 우리의 정신

을 괴롭히지 않는 것이 가능하다. 어떤 일이든 우리에게 그 일에 대해 판단하도록 강요하는 것은 불가능하기 때문이다.

53. 다른 사람이 하는 말을 귀 기울여 듣고, 가능한 한 상대방의 입장에서 생각하는 습관을 붙여라.

54. 꿀벌 떼에게 유익하지 않은 것은 한 마리의 꿀벌에게도 유익하지 않다.

55. 배를 탄 승객들이 선장을 욕하고 환자들이 의사를 욕한다면, 선장이나 의사는 누구의 말을 들어야 하는가? 그런 상황에서 선장은 어떻게 승객의 안전을 도모하고, 의사는 어떻게 환자들의 건강을 지킬 수 있단 말인가.

56. 나와 함께 이 세상에 태어난 사람 중에서 얼마나 많은 사람이 이 세상을 떠나고 없는가.

57. 황달에 걸린 사람들은 꿀에서 쓴맛을 느끼고, 광견병에 걸린 사람은 물을 보면 무서워하고, 아이들은 공을 보고 좋아한다.
그런데 당신은 왜 사람들에게 화를 내는가? 혹시 당신은 '잘못된 견해'가 황달에 걸리게 하는 담즙(膽汁)이나 광견병에 걸리게 하는 바이러스보다 덜 해롭다고 생각하는가?

58. 당신이 자신의 본성인 이성에 따라 사는 것을 막을 수 있는 사람은 아무도 없고, 그와 마찬가지로 당신에게 일어나는 일들 중 우주의 본성인 이성에 어긋나는 일은 하나도 없다.

59. 그들이 잘 보이고 싶은 사람들, 손에 넣으려는 이익, 사용하는 수단 ─ 그것들은 어떤 것인가?

하지만 그들이 잘 보이고 싶은 사람들과 수단들과 목적들이 얼마나 허망한 것들인지를 생각해 봐라.

시간은 얼마나 빨리 그 모든 것들을 흔적도 없이 휩쓸어가 버릴 것인가? 이미 무수히 많은 것들을 휩쓸어가 버리지 않았는가!

7

우주의 질서에 대하여

1. 악(惡)이란 무엇인가? 당신이 이미 충분히 보아온 것이다. 그러므로 어떤 일이 일어나든 '이것은 내가 전부터 자주 보아온 것이다.'라고 생각하라. 위를 바라보든 아래를 바라보든 당신 눈에 보이는 모든 것들은 늘 봐왔던 동일한 것들일 테니 말이다.

고대사나 중세사나 근세사에도 동일한 것으로 가득 차 있다. 그 어디에도 새로운 것은 하나도 없다. 모든 것이 옛날부터 친숙하게 봐왔던 것들이고 덧없이 지나가는 것들이다.

2. 당신 안에는 우주의 원리들을 담고 있는 관념들이 있다. 그 관념들이 당신에게서 없어지지 않는 한, 그 원리들은 사라지지 않는다. 그리고 그 원리들을 끊임없이 새로운 불꽃으로 피어오르게 하는 것은 바로 당신 의지이다.

'내게는 바른 판단을 내릴 수 있는 능력이 있다. 내게 그런 능력이 있는데, 괴로워하며 고민할 이유가 있겠는가. 그리고 나의 그런 판단 능력 밖에 있는 모든 것들은 나와 관계가 없다.'

이런 마음가짐을 유지하는 한 당신은 의연해질 수 있다. 당신이 지금까지 봐왔던 것들을 이번에는 이전과는 달리 새롭게 바라보라. 새로운 삶은 여기서 비롯된다.

3. 헛된 영화의 꿈, 무대에서의 연극, 양 떼와 소 떼, 가상 전투들, 강아지들에게 던져준 뼈다귀 하나, 어항 속의 빵 부스러기, 자기보다 큰 짐을 끙끙대며 나르는 개미들, 겁을 먹고 우왕좌왕하는 생쥐들, 실로 조종되어 움직이는 인형들 - 이런 것들 속에서 당신은 중심을 잡고 똑바로 서 있어라. 또한 당신은 잘났다는 듯이 거드름 피우거나 하는 것들을 경멸하지 마라.

사람의 가치는 그 사람이 어떤 것들을 가치 있게 여기고, 그것을 얼마만큼 추구하느냐에 달려 있다는 것을 명심해야 한다.

4. 대화를 나눌 때는 상대방의 이야기에 귀를 기울여야 하고, 어떤 행동을 할 때는 그 추이를 잘 살펴야 한다.

후자의 경우에는 그 행동이 어떤 목적과 관련되어 있는가를 처음부터 간파하는 것이 중요하고, 전자의 경우에는 그 말의 의도가 무엇인지를 잘 파악하는 것이 중요하다.

5. 이 일을 하는 데 있어서 나의 사고력으로 충분한가, 아니면 충분하지 않은가?

충분한 경우에는, 우주의 본성이 부여한 도구인 나의 사고력을 이 일에 사용하면 된다. 하지만 충분하지 않은 경우에는, 그 일이 내가 꼭 해야 하는 일이 아니라면 나보다 더 잘 해낼 수 있는 사람에게 맡기고, 내가 꼭 해야 하는 일이라면 나를 지배하는 이성과 협력하여 사회를 위해 유익한 일을 할 수 있는 사람의 도움을 받아 내가 할 수 있는 최선을 다해 일을 처리하라.

혼자서 하든 다른 사람의 힘을 빌려서 하든 간에, 내가 하는 일은 모두 사회에 유익하고 화합이라는 목적을 위해 행하는 것이 마땅하다.

6. 지난날 얼마나 많은 사람이 명성을 떨치다가 기억 속에 묻혀 버렸는가. 그리고 이들에게 박수갈채를 보내고 그들을 칭송했던 수많은 사람도 이미 오래전에 사라지고 없지 않은가.

7. 다른 사람에게서 도움받는 것을 부끄럽게 생각하지 마라. 마치 병사가 돌파해서 성채를 빼앗는 것처럼, 당신에게는 주어진 임무가 있고, 당신이 해야 할 일은 그 임무를 완수하는 것이기 때문이다.

만일 당신이 다리를 다쳐서 혼자서는 성벽을 기어오를 수 없고, 다른 사람의 도움을 받아야만 성벽을 기어올라 성을 점령할 수 있다면, 당신은 어떻게 하겠는가.

8. 미래의 일 때문에 걱정하지 마라. 운명에 의해서 당신이 그 미래로 가야 한다면, 당신은 지금 눈앞에 닥친 일을 처리하는 그 이성으로 미래의 일도 처리할 수 있기 때문이다.

9. 만물은 서로 연결되어 하나로 결합되어 있고, 신성한 것이 만물을 한데 묶고 있어서 서로에게 이질적이거나 생소한 것은 하나도 없다. 만물은 각기 자신에게 주어진 자리에서 하나의 질서 있는 우주를 형성하고 있다.

만물로 이루어진 하나의 우주가 있고, 만물 속에 존재하는 유일한 신이 있으며, 하나의 실재와 하나의 법칙이 있고, 모든 이성적인 존재들에게 공통적인 하나의 이성이 있다. 그리고 동일한 기원을 지니고 동일한 이성을 공유하고 있는 모든 존재들에게 유일한 완전성이 있다면, 진리도 하나이다.

10. 모든 물질적인 것은 순식간에 만유의 실재 속으로 사라져 버린다. 모든 원인은 금세 우주의 이성으로 환원되며, 모든 기억은 곧 시간 속에 묻혀 버린다.

11. 이성을 지닌 존재에게는 본성을 따라 행하는 것과 이성을 따라 행하는 것이 동일하다.

12. 의연하라. 그렇지 않으면 우주의 본성이 나서서 너를 강제로 의연해지게 할 것이다.

13. 이성적인 존재들은 여러 부분이 서로 협력해서 하나의 동일한 목적을 이루기 위해 만들어진 하나의 유기체와 같다. 당신이 자기 자신을 가리켜 '나도 이성적인 존재에 의해 형성된 유기체의 한 지체(melos)다.'라고 말한다면 이러한 관계는 더욱 분명하게 인식될 것이다.

그러나 만일 당신이 'l' 대신 'r'을 사용하여 단지 '한 부분(meros)이다.'라고 자기를 가리켜 말한다면, 당신은 아직 진심으로 사람을 사랑하는 것이 아닐 뿐 아니라 선한 일을 하는 것을 그다지 기쁘게 생각하지 않는 것이다. 당신이 선을 행한다고 할지라도 그것은 단순히 의무여서 하는 것일 뿐이고, 자기 자신에게 이롭다고 여겨 좋아서 하는 것은 아니다.

14. 나의 외부에서 일어나는 일들은 나를 구성하고 있는 부분들 중에서 그 일들에 의해 영향을 받을 수 있는 부분들에 영향을 미치기를 원하고, 실제로 나의 그 부분들은 그 일들로 인해 불평할 수도 있다.

하지만 내가 그런 일들을 해로운 것이라고 판단하지만 않는다면, 나는 여전히 해를 입지 않은 것이다. 그리고 누구에게든 이와 같이 생각할 수 있는 자유가 있다.

15. 누가 어떤 행동을 하고 뭐라고 말하든, 나는 선할 수 있고, 또 선해야 한다.

이것은 마치 금이나 에메랄드나 자주색 옷이 '누가 어떤 행동을 하고 뭐라고 말하든 나는 에메랄드(또는 금 혹은 자주색 옷)이고, 너는 본래의 색깔을 그대로 보존하고 있어야 한다.'라고 입버릇처럼 말하는 것과 같다.

16. 당신을 지배하는 이성은 자기 자신을 괴롭히지 않는다. 이를테면 겁을 먹지도 않고, 욕망에 사로잡히지도 않는다는 말이다. 만일 누군가가 당신의 이성에게 겁을 주거나 고통을 줄 수 있다면, 마음대로 해보라고 해라. 당신의 이성은 어떤 경우에도 스스로 판단을 잘하므로 옳은 길에서 벗어나지 않는다.

육신은 가능하면 아무런 해도 입지 않도록 스스로 조심하고, 두려움과 고통을 느낄 수 있는 영혼도 마찬가지다. 그런데 영혼 자체는 두려움과 고통을 느끼기는 하지만, 두려움이나 고통에 대해 의견을 형성하는 완전한 힘을 갖고 있으므로 아무런 해도 입지 않을 것이다. 영혼은 결코 잘못된 판단을 내리지 않을 것이기 때문이다.

당신을 지배하는 이성은 스스로 어떤 요구를 하지 않는 한, 그 자신은 아무것도 필요로 하지 않는다. 따라서 스스로 자기를 괴롭히거나 속박하지 않는 한, 무엇에 의해서도 괴롭힘을 당하지 않고 속박받는 일도 없다.

17. 행복이란 선한 다이몬(Daimon, 초자연적인 힘)이거나 우리를 지배하는 선한 이성이다.

그런데 상상력이여, 대체 너는 여기서 무엇을 하고 있는가? 신들의 이름으로 간청하거니와 너는 다른 곳에서 온 나그네이므로 이제 떠나거라. 나는 네가 필요하지 않다. 너는 오래된 습관을 따라 여기에 온 것일 뿐이다. 그렇다고 내가 너에게 화를 낼 생각은 없다. 다만 여기에서 떠나가기를 바랄 뿐이다.

18. 변화를 두려워하는가? 그러나 변화 없이 무슨 일이 일어날 수 있겠는가? 우주의 본성에 변화보다 더 가깝고 친밀한 것이 있을까?

땔감으로 사용되는 장작이 변화하지 않는다면 당신은 뜨거운 물로 목욕할 수 있겠는가? 만일 음식이 변화하지 않는다면 당신은 어떻게 영양분을 섭취할 수 있겠는가? 당신이 살아가는데 필요한 모든 것 중에서 변화 없이 얻어질 수 있는 것이 단 하나라도 있는가? 당신 자신이 변화하는 것도 같은 경우에 속하며, 마찬가지로 우주의 본성에도 반드시 변화가 필요하다는 것을 당신은 알지 못하는가?

19. 우리 육신을 구성하는 지체들이 서로 협력하듯, 우리의 육신도 우주 '전체'와 동일한 본성을 이루어 유기적으로 협력하는 가운데 마치 급류처럼 우주의 실재 속으로 휩쓸려 들어간다.

시간은 얼마나 많은 크리시포스(Chrysippos)와 얼마나 많은 소크라테스(Socrates), 얼마나 많은 에픽테토스(Epiktetos)를 삼켜버렸는가? 누구를 만나든 무슨 일을 하든, 당신은 이것을 상기하라.

20. 오직 한 가지 일이 내 마음에 걸린다. 그것은 내가 인간의 본성이 허용하지 않는 일을, 허용되지 않는 방식으로 지금 하고 있는 것은 아닐까 하는 것이다.

21. 머지않아 당신은 모든 일을 잊게 될 것이고, 머지않아 모든 것이 당신을 잊게 될 것이다.

22. 잘못을 저지르는 사람조차 사랑하는 것은 인간의 도리이다. 여기까지 도달하려면 다음과 같이 생각해야 할 것이다.
— 그런 사람들도 당신의 동족이고, 무지로 말미암아 부지중에 잘못을 저지른 것이다. 얼마 안 가서 그들도 당신도 모두 죽게 될 것이다.
이렇게 생각하면, 당신은 그들을 사랑할 수 있게 될 것이다. 그리고 무엇보다도 그 사람들이 당신에게 조금도 해를 끼치지 않았다. 혹여 그들이 잘못을 저질렀다고 해도, 당신을 지배하는 이성에 해를 입혀 이전보다 더 나쁘게 만든 것은 아니지 않은가.

23. 우주의 본성은 '전체'의 물질을 마치 밀랍(蜜蠟)처럼 사용해서, 어느 때는 말을 만들었다가 그다음에는 그 말을 녹여서 그 질료로 나무를 만들고, 그다음에는 사람을, 그다음에는 어떤 다른 것을 만든다.

그러나 이렇게 해서 만들어진 것들도 극히 짧은 시간만 존속될 뿐이다. 그릇을 깨부숴버리는 것은 만드는 것과 마찬가지로 괴롭고 힘든 일이 아니다.

24. 얼굴에 분노를 나타내는 것은 본성을 거스르는 일이다. 자주 얼굴을 찡그리면 아름다움이 줄어들고, 결국은 완전히 없어져서 다시는 되살릴 수 없게 된다. 이런 사실에서 화를 내는 것은 이성을 거스르는 일이라는 것을 알 수 있다.

잘못을 저지르고 있다는 의식조차 없어져 버린다면, 사람이 더 이상 살아야 할 이유가 남아 있겠는가.

25. 우주를 주관하는 본성은 당신의 눈앞에 있는 만물을 순식간에 변화시켜 그 질료에서 다른 것을 만들고, 다시 그것을 해체해서 그 질료로 다른 것을 만든다. 그리하여 얼마 후에는 당신이 지금 보고 있는 모든 것을 변화시켜 놓음으로써 우주를 늘 젊게 할 것이다.

26. 어떤 사람이 당신에게 잘못을 저질렀을 경우, 그 즉시 그

사람이 무엇을 선이라 생각하고 무엇을 악이라 생각해서 당신에게 그런 잘못을 저지르게 된 것인지를 생각해보아야 한다. 그것을 알게 되면, 당신은 그 사람의 형편과 사정을 헤아리게 됨으로써 놀라거나 화내지 않게 될 것이다. 선에 대한 생각이 당신 자신도 그 사람과 같거나 비슷하기 때문이다. 그러므로 당신은 그 사람을 이해하고 용서해야 한다.

하지만 당신이 어떤 것들에 대해 선하거나 악하다는 판단 자체를 하지 않는다면, 잘못된 견해를 가진 자들을 용납하기가 한층 더 쉬워질 것이다.

27. 당신이 갖고 있지 않은 것들을 마치 이미 가진 것처럼 생각하지 마라. 그보다도 현재 가진 것 중에서 제일 좋은 것에 눈을 돌려서, 만일 이것마저 없었더라면 얼마나 아쉬워하고 갖고 싶어 했을지를 생각해 봐라.

그러나 그것이 아무리 좋은 것이라고 할지라도, 그것들을 지나치게 중요시하거나 애착을 갖지 않도록 조심해야 한다. 그렇게 하지 않으면, 나중에 그것을 잃었을 때 스트레스를 받거나 무척 고통스럽게 될 것이기 때문이다.

28. 자기 안으로 눈을 돌려라. 당신을 지배하는 이성은 올바른 행위를 하고, 거기에서 오는 평안함으로 만족하는 것이 그 본성이다.

29. 감각에 의해 받아들인 인상들을 지워버려라. 꼭두각시처럼 남의 조종을 받지 마라. 눈앞에서 펼쳐지는 현재라는 순간에 충실하라. 당신과 타인에게 어떤 일이 벌어지고 있는지를 인식하라.

모든 일을 원인과 질료에 따라 구분하고 분석하라. 당신이 죽게 될 마지막 순간을 늘 염두에 두라. 누군가가 당신에게 잘못을 저지르면 그에 대한 것은 잘못을 범한 사람에게만 국한시켜라.

30. 다른 사람이 무슨 말을 하고 있는지를 이해하고 따라잡기 위해 집중하라. 지금 일어나거나 행해지고 있는 일들에 당신 마음을 쏟아라.

31. 미덕도 아니고 악덕도 아닌 모든 것들에 관심 두지 말고 성실과 겸손으로 자기 자신을 빛내라. 인류를 사랑하며, 신에게 순종하라.

어떤 사람(데모크리토스(Demokritos), 원자론학파의 철학자)은 "만물은 법칙을 따르고, 오직 원자들만이 진정으로 존재할 뿐이다."고 말한다.

'만물이 법칙을 따른다.'는 사실을 당신이 기억한다면, 그것으로 충분하다. 그 밖의 다른 것들은 별로 중요하지 않다.

32. 죽음에 대하여.

우리가 원자로 이루어져 있는 존재라면 죽음은 해체이고, 우리가 하나의 통일체라면, 죽음은 소멸이거나 변화일 뿐이다.

33. 고통에 대하여.

"참기 어려운 고통은 넋을 잃게 한다. 그러나 오랫동안 지속되는 고통은 참을 수 있다." - 에피쿠로스(Epicouros)에서 인용.

정신은 스스로를 지킴으로써 평정심을 유지하고, 우리를 지배하는 이성은 고통 때문에 해를 입지 않는다.

그러나 우리를 구성하고 있는 부분 중에서 고통으로 인해 해를 입을 수 있는 부분(육신)은 자신의 고통을 표현해도 된다.

34. 명예에 대하여.

명예를 얻고자 하는 사람들의 생각이 어떠한지, 그들이 무엇을 구하고 무엇을 피하는지를 보라.

파도가 밀려오면 휩쓸려 오는 모래가 전에 있던 모래를 덮어버리는 것처럼, 인생에서도 먼저 일어난 것은 나중에 일어난 것에 의해 이내 가려진다는 것을 잊지 마라.

35. 플라톤의 대화편에서.

"위대한 정신을 가지고 모든 시간과 모든 실재를 전체적으로 포용할 수 있는 사람에게 인생이 대단한 것으로 보일 거라고 생각하는가?"

"절대로 그렇지 않을 것입니다."라고 그는 대답했다.

"그렇다면 그런 사람은 죽음 같은 것은 두려워하지 않겠지?"
"물론 전혀 두려워하지 않을 겁니다."라고 그는 대답했다.

36. 안티스테네스(Antisthenes, 견유학파의 창시자)는 이렇게 말한다.
"선한 일을 하고 비난받는 것은 제왕의 일이다."라고.
– 에픽테토스(Epiktetos)가 인용.

37. 얼굴은 마음의 명령을 좇아 온순하고 단정하고 침착하게 표정을 짓는데, 마음은 자기 자신이 명령하는 것에 순종해서 온순하고 단정하게 표정을 지을 수 없다면, 그것은 부끄러운 일이다.

38. "당신에게 일어나는 일들에 대해 화를 내는 것은 쓸데없는 짓일 뿐이다. 그 일들은 당신에게 아무런 감정도 없기 때문이다."
– 에우리피데스(Euripides)에서 인용.

39. "당신은 영원히 죽지 않는 신들과 우리에게 기쁨을 선사하기 바란다."

40. 이삭이 잘 익으면 거둬들이듯이 인생도 거둬들여야 한다. 한 사람이 탄생하고, 한 사람은 죽는다.

41. "신들이 나와 내 자녀들을 돌보지 않고 버려둔다면, 거기에도 반드시 이유가 있을 것이다."

42. 선과 정의는 나의 편이다.

43. 사람들이 울고불고하거나 광분할 때 거기에 부화뇌동하지 마라.

44. 플라톤 대화편에서.
"하지만 나는 이 사람에게 다음과 같이 올바르게 대답해줄 것이다. '조금이라도 품위가 있는 인간이라면 오직 자신의 행동이 옳은 것인지 잘못된 것인지, 또는 선한 자의 행동인지 악한 자의 행동인지만을 고려해야 합니다. 살 길인지 죽을 길인지도 아울러 고려해야 한다고 생각한다면, 당신의 생각은 잘못된 것입니다.'"

45. "아, 아테네 사람들이여, 이 일과 관련해서 진실은 이런 것입니다. ─ 어떤 사람이 스스로 자기에게 가장 잘 맞는 곳이라고 생각해서 어떤 부서를 선택했든, 또는 자신의 지휘관이 정해주어서 배치되었든 간에, 그 사람은 위험을 무릅쓰고라도 그 자리를 지켜야 하며, 명예롭게 행하는 것을 죽음이나 다른 그 어떤 것보다도 가장 우선시해야 합니다."

46. "친구여! 누구의 목숨을 구해 주거나 누구 때문에 목숨을 건지는 것 말고, 어떤 고귀하고 선한 일이 있을 수 있는지를 생각해 봐라.

진정한 남자라면 얼마나 오래 사느냐 하는 것에 관심을 두거나 목숨을 부지하는 것에 집착해서는 안 된다. 그런 것들은 모두 신에게 맡기고, 아무도 자기 운명에서 벗어날 수 없다는 여인네들 사이에서 회자되는 말을 믿으며, 어떻게 하면 살아 있는 동안 최선의 삶을 살 수 있을지를 고민해야 한다."

47. 마치 당신도 별과 함께 움직이고 있는 것처럼 별의 운행을 살펴보고, 원소들이 어떻게 변화하는지를 고찰하라.

이런 것들에 대한 사색은 세상을 사는 동안 들러붙은 온갖 더러운 것들을 씻어주기 때문이다.

48. 플라톤의 다음과 같은 말은 참으로 훌륭하다.

"인간에 대해 논하는 자는 집회, 군대, 농경, 결혼, 이혼, 탄생, 죽음, 법정에서 외치는 소란한 소리, 적막한 광야, 각양각색의 야만족, 축제, 장례식, 시장 등 서로 상반된 온갖 것들이 뒤섞이고 결합되어 하나의 통일된 질서를 이루고 있는 것을 높은 곳에서 내려다보는 것처럼 전체적인 관점에서 바라보아야 한다."

49. 과거를 돌아보고서 현재 일어나고 있는 모든 변화를 바라보

면, 미래에 일어날 일도 예견할 수 있을 것이다. 미래에 일어날 일도 분명히 과거와 동일한 형태를 취할 것이고, 현재 일어나고 있는 일의 질서에서 벗어날 수 없기 때문이다.

그러므로 인생을 40년 동안 관찰하든 1만 년 동안 관찰하든 모두 마찬가지다. 더 이상 우리 삶에서 볼 것이 있겠는가.

50. "땅에서 태어난 것은 땅으로 돌아가고, 하늘에서 생겨난 것은 다시 하늘로 돌아간다."

이 말은 이렇게 말할 수도 있다.

'죽음은 긴밀하게 결합되어 있던 원자들의 분해이거나 또는 같은 말이지만 감정 없는 원소들의 해체를 뜻한다.'

51. "그들은 특별한 음식을 바치고 주문을 외우며, 죽음이라는 운명의 흐름에서 벗어나려고 한다."

이 말에 대해 이렇게 답하면 어떨까.

'하늘에서 불어오는 바람은 기꺼이 받아들이고, 어떠한 노고에도 불평해서는 안 된다.'

52. 경기장에서 자기와 맞붙은 사람을 쓰러뜨리는 일에서는 다른 사람들이 당신보다 더 나아도 괜찮다.

그러나 사회에 이바지하려는 정신이나 겸손함, 어려운 조건을 순순히 받아들이고 사람들의 잘못을 너그럽게 받아주는 것 등에서는 당신이 다른 사람들보다 더 나아야 하지 않겠는가.

53. 신들과 인간에게 공통된 이성에 따라 어떤 일을 처리한다면, 조금도 두려워할 것이 못 된다. 바른길에 부합되는 활동, 우리의 본성에 맞는 활동을 하여 이득을 얻을 때는 해를 입지 않을까 염려할 필요가 없다.

54. 언제 어디서나 당신이 할 수 있는 일은 신들을 경외하고, 현재 자기 자신에게 일어나고 있는 일을 순순히 받아들여 만족하는 것이다. 또한 사람들을 대할 때는 공정해야 하고, 그 어떤 불순한 것도 자기 마음속에 스며들지 못하도록 모든 인상을 주의 깊게 살피면서 현재의 생각을 바로잡는 것이다.

55. 다른 사람들을 지배하는 이성을 둘러보려고 두리번거리지 말고, 본성이 당신을 어디로 인도하고 있는지를 끊임없이 주시하라. 우주의 본성은 당신에게 일어나는 일을 통해, 당신 자신의 본성은 당신이 반드시 해야 할 행동을 통해 당신을 인도한다.
인간은 누구를 막론하고 본성에 적합하게 행동해야 한다. 그런데 열등한 것들이 우월한 것들을 위해 존재하는 것처럼, 다른 모든 것들은 이성적인 존재들을 섬기기 위해 만들어졌다. 그러나 이성적인 존재들은 서로 돕기 위해 창조되었다.
그러므로 인간의 본성이 지닌 첫 번째 특징은 사회성이고, 두 번째 특징은 육신의 자극들에 굴복하지 않고 저항하는 것이다. 이성과 정신의 활동이 지닌 고유한 특질은 감각이나 본능에 압도되지 않으면서 독립적으로 움직이는 것이고, 감각이나 충동은 동물적인 것이기 때문이다.

정신의 작용은 우월성을 요구하여 감각이나 본능에 굴복하는 것을 용납하지 않는다. 감각과 충동을 활용하는 것이 정신의 본성이라는 점에서, 그것은 너무나 당연하다.

이성적 본성의 세 번째 특징은 경솔하게 판단하지 않고 쉽사리 기만당하지 않는 것이다. 그러므로 당신을 지배하는 이성이 이러한 특징을 고수함으로써 바른길을 간다면, 당신의 이성은 자신의 본분을 다할 수 있을 것이다.

56. 당신은 마치 이미 죽은 사람같이, 현재의 순간이 당신 생애의 마지막인 것처럼 본성에 따라 살아야 한다.

57. 오직 당신에게 주어진 일만, 운명의 신이 당신에게 맡겨주는 일만 사랑하라. 그렇게 하는 것보다 당신에게 더 합당한 일이 어디 있겠는가?

58. 무슨 일이 일어나면, 그때마다 그와 같은 일이 일어났을 때 슬퍼하거나 놀라거나 비난하는 사람들을 눈앞에 그려 보라. 그들은 지금 어디 있는가? 아무 데도 없다. 그런데 당신도 그들의

흉내를 내고 싶은가?

당신에게 닥친 곤경이나 당신을 그런 곤경에 빠지게 만든 자들과 관련된 모든 것은 그들 몫으로 맡겨두고, 당신은 어떻게 하면 그 곤경을 선용할 수 있는가에 대해서만 전념하라. 그렇게 하면 당신은 이것을 잘 활용하여, 선을 만들어내는 재료로 삼을 수도 있을 것이다.

또한 당신은 모든 일에서 최고의 선을 추구하는 데 집중하라. 행동의 동기는 아무래도 좋으므로 상황을 활용해서 당신의 행동 목표를 이루는 것이 무엇보다 중요하다는 것을 기억하라.

59. 자신의 내면을 들여다보라. 거기에는 선의 샘이 있다. 이 샘은 당신이 파고 들어가기만 하면 언제나 솟아날 것이므로 끊임없이 그 샘을 파야만 한다.

60. 육신은 강건해야 하며, 동작이나 자세도 흐트러져서는 안 된다.

정신이 지혜롭고 기품 있으면 그것이 얼굴에 드러나는 것처럼, 우리의 육신 전체에도 정신의 품위가 반영되게 해야 한다. 그러나 이 모든 일은 언제나 가식 없이 이루어져야 한다.

61. 어떤 예기치 않은 불의의 공격에도 쓰러지지 않고 굳건히 서 있어야 한다는 점에서, 삶은 춤추는 것이라기보다는 씨름하는

것과 더 가깝다.

62. 당신이 어떤 사람들에게 인정받기를 원한다면, 그들을 지배하고 움직이는 것이 무엇인지를 잊지 말고 생각해 봐라.

그들의 의견이나 욕구의 원천을 알게 되면 부지중에 잘못을 저지르는 사람들을 비난하지 않을 것이며, 그들의 인정이나 칭찬을 받으려고 하지도 않을 것이다.

63. "모든 정신은 자신이 알지 못하는 사이에 진리를 빼앗긴다."고 플라톤이 말했다.

정의나 절제나 선이나 그 밖의 덕에 대해서도 같은 말을 적용할 수 있다.

이것을 마음에 새겨두고 늘 기억하라. 그렇게 하면 당신은 모든 사람을 더욱 온유하게 대할 수 있을 것이다.

64. 고통을 겪을 때마다, 고통은 도덕적으로 부끄러운 것도 아니며 당신을 지배하고 움직이는 지성에 해를 끼치는 것도 아니어서 이성적이거나 사회적인 본성을 손상시킬 수도 없다는 것을 기억하라.

그리고 보다 큰 고통을 당할 때는 '고통에는 한계가 있다. 상상 때문에 다른 것을 덧붙이지 않는 한 고통은 참을 수 없는 것도 아니고, 무한히 계속되는 것도 아니다.'라는 에피쿠로스의 말을 상기하여 도움을 받아라.

또한 우리를 불쾌하게 하는 많은 일들, 예컨대 많이 졸린다든지 고열이 난다든지 식욕이 없다든지 하는 것도 고통의 일종이지만 단지 우리가 이런 사실을 모르고 있을 뿐이라는 것을 기억하라. 따라서 이런 일로 불쾌감을 느끼거나 화가 날 때는 자신에게 이렇게 말하라. '내가 그런 일에 짜증을 내면서 화를 낸다면, 나는 고통에 지고 있는 것이다.'라고.

65. 당신은 냉혹한 자들이 인간에 대해 품고 있는 것과 같은 감정을 절대 품지 않도록 주의하라.

66. 텔라우게스가 소크라테스보다 인격이 탁월한지 그렇지 않은지를 어떻게 알 수 있겠는가. 소크라테스가 더 고귀한 죽음을 맞이하고, 소피스트(궤변가)들을 상대로 논쟁을 잘하고, 추운 밤에도 태연히 밤을 새우는 등으로 인내심을 보이고, 살라미스의 레온을 체포하라는 명령을 받았을 때도 이를 거역하는 용기를 보여주고, 거리낌 없이 거리를 당당하게 활보하고 다녔다는 것 ― 만일 그것이 사실이라면 크게 주목할 만한 일이지만 ― 만으로는 충분하다고 할 수 없다.

우리가 정말 살펴보아야 하는 것은 소크라테스의 정신이 어떠했는가 하는 것이다. 즉 그는 타인의 악에 분노를 터뜨리지 않았고, 타인의 무지에 부화뇌동하거나 노예처럼 따르지 않았으며,

우주에 의해 자신에게 할당된 모든 것을 잘못된 것이라고 핑계 대거나 도저히 감내해낼 수 없는 짐으로 여기지 않았고, 자신의 정신이 육신의 욕망들에 동조하여 휘둘리도록 두지 않았으며, 참으로 인간에게 정의롭고 신 앞에서 얼마나 경건한 삶을 살았느냐 하는 것을 보고서 그것을 알 수 있는 것이다.

67. 자연은 인간의 지성과 물체의 구성을 혼합시켜서 당신이 자신의 한계를 분간하지 못하거나 자기 일을 스스로 처리하지 못하도록 만들어 놓지 않았다. 신적인 본성을 지니고 태어났음에도 불구하고 그 사실을 깨닫지 못하는 사람은 얼마든지 있을 수 있다. 이 점을 언제나 잊지 마라.

그리고 많은 일을 하거나 많은 것을 갖춰야만 행복하게 사는 것이 아니라는 점도 명심하라. 당신이 훌륭한 철학자나 과학자가 되지 못했다고 해도, 당신의 행복한 삶에 아무런 영향을 미치지 못한다. 하지만 자유롭고 겸손하며 사회에 이바지하고 신에게 순종하는 사람이 되고자 하는 희망은 절대 포기하지 마라.

68. 비록 세상 사람이 당신을 비난하고 욕을 퍼부으며 아우성을 치고, 사나운 짐승들이 당신의 사지를 갈기갈기 찢더라도, 당신은 누구의 강요도 받지 않으면서 더할 나위 없이 평안한 마음으로 꿋꿋하게 살아갈 수 있다. 이 모든 것 중에서 그 무엇이 당신이 마음의 평정을 유지하고, 모든 상황을 바르게 판단하며, 자신에

게 주어진 모든 것들의 선용(善用)을 막을 수 있겠는가. 그리하여 당신은 자신이 직면한 것들에 대해 다음과 같이 말할 수 있을 것이다. '설사 사람들의 눈에는 잘못된 것으로 보일지라도 사실은 이러저러한 것이다'라고.

그리고 모든 것을 선용하려 하는 마음의 의지는 자신에게 일어난 일들에 대해 다음과 같이 말할 수 있을 것이다.

"나는 너를 바라고, 찾고 있었다. 현재 나에게 주어진 모든 것은 언제나 이성적이고 사회적인 덕을 발휘하기 위한 재료들로, 인간의 과업과 신의 역사에 사용할 소재이기 때문이다."

실로 세상에서 일어나고 있는 모든 일은 신 또는 인간과 관계가 깊으며, 새롭거나 다루기 힘든 것이 아니라 친숙하고 처리하기 쉬운 것들이다.

69. 하루하루를 마치 자신의 마지막 날인 것처럼 보내고, 동요하거나 무기력해지지 않고 위선을 행하지 않는다면, 그것이 인격의 완성이다.

70. 불멸의 신들은 오늘날과 같은 인간들, 그것도 이처럼 악하고 형편없는 인간들에게 그토록 오랜 시간 동안 관용을 베풀면서도 못마땅하게 여기거나 화를 내지 않는다. 그러기는커녕 도리어 여러 가지 방법으로 인간들을 돌보아준다.

그런데 당신 자신은 그 악한 인간들 가운데 한 사람이면서도,

이 세상에서 살아가는 아주 짧은 시간 동안조차 사람들을 돌보려고 하지 않는다.

71. 어처구니없게도 인간은 자기 자신의 악은 보지 못하고, 남의 악만 피하려고 한다. 자기 자신의 악은 피할 수 있지만, 남의 악은 피할 수 없다.

72. 당신의 이성적이고 사회적인 기준으로 어떤 일을 이성적이지도 않고 사회적이지도 않다고 여길 때마다, 당신은 그 일이 당신이 해야 할 일이 아니라고 판단하는 것이 옳다.

73. 당신이 선을 행하고, 타인이 당신의 선행으로 유익함을 얻었다면 그것으로 충분하다.
그런데 당신은 어찌하여 어리석은 사람처럼 당신의 선행을 인정해 주거나 그 보답으로 좋은 평판을 얻길 바라는 것인가.

74. 자신에게 유익한 것을 마다할 사람은 없다. 그런데 본성에 부합하는 일이야말로 유익한 것이다. 그러므로 남에게 유익한 일을 하여 자기 자신도 유익함을 얻는 것을 마다하지 마라.

75. 만유의 본성은 질서정연한 창조 원리에 의해 우주를 만들어냈다. 또한 현재 존재하는 모든 것도 그 인과율에 따라 생겨난

것이다. 그렇지 않다면 모든 것이 비합리적이어서 우주의 지배적인 힘이 운동의 대상으로 삼고 있는 중요한 사건조차도 이성적 원리의 지배를 받지 않는다는 결론이 나온다. 이 점을 상기하면 여러 가지 면에서 마음의 평정을 얻는 데 도움이 될 것이다.

8

선과 악에 대하여

1. 다음과 같은 사실도 당신의 허영심이나 허황한 명예욕을 버리게 하는 데 도움이 될 것이다. 그것은 당신이 적어도 성인이 된 이후에 철학자로서 살아온 것이 아니라는 사실이다. 다른 많은 사람과 마찬가지로 당신도 철학과 거리가 먼 삶을 살아왔다. 당신은 이미 세속에 물들어 철학자로서의 명성을 쉽게 얻지는 못할 것이다.

그러므로 당신이 문제의 본질이 무엇인지를 제대로 이해했다면, 사람들이 당신에 대해 어떻게 생각하든 관심 두지 마라. 당신의 남은 삶이 길든 짧든 명성을 얻고자 하는 욕심은 버리고, 당신의 본성이 원하는 것들을 하면서 살아가는 것으로 만족하라. 따라서 당신의 본성이 무엇을 진실로 원하는지를 잘 생각해 보고, 다른 것들에 한눈팔지 마라. 당신도 경험해서 알고 있듯이, 지금까지 당신은 여기저기 헤집고 다니면서 방황했지만, 논리학을 배우는 것이나 부(富), 명성(名聲), 쾌락(快樂) 등 그 어디에서도 참된 행복을 찾아내지 못했다. 그렇다면 참된 행복은 어디에 있는가? 그것은 인간의 본성이 요구하는 것들을 행하는 데 있다.

그러면 본성이 요구하는 것들을 행하기 위해서는 어떻게 해야 하는가? 자기 자신의 충동이나 욕구를 제어하고 행동을 지배하는 원칙들을 가지고 있어야 한다.

그 원칙들은 무엇에 관한 것인가? 선과 악에 관한 것이다. 예컨대 인간을 바르고 절제 있고 용감하고 자유롭게 하지 않는 것은 어느 것이나 인간에게 선이 될 수 없으며, 이와 반대되는 것으로 이끌지 않는 것은 인간에게 악이 아니라는 것이다.

2. 당신은 어떤 행동을 할 때마다 '이 일은 나와 어떤 관계가 있는가? 이 일을 하고 나중에 후회하는 일은 없을까?' 하고 자기 자신에게 물어보라.

머지않아 나는 죽고, 모든 것은 사라져버린다. 그러나 내가 지금 신과 동일한 법 아래에서 살아가면서, 이성적이고 사회적인 일들을 하고 있는 것이라면, 그 이상 무엇을 바라겠는가.

3. 알렉산드로스(Alexandros), 가이우스(Gaius), 폼페이우스(Pompeius) 같은 이들을 디오게네스(Diogenes), 헤라클레이토스(Heraclitos), 소크라테스(Socrates) 등에 어떻게 비할 수 있단

말인가. 후자의 사람들은 만물의 실재를 보았고, 그 원인과 질료를 잘 알고 있었으며, 그들을 지배하는 이성에 따라 살아간 사람들이었다. 이와 반대로 전자의 사람들은 많은 것을 열망했지만 염려하고 의심했으며, 많은 것에 사로잡혀 노예가 되어 살아간 사람들이었다.

4. 비록 당신이 화가 치밀어 폭발할 지경이라도, 세상 사람들은 조금도 아랑곳하지 않고 여전히 자신들이 하고 있던 일을 계속해나갈 것이다.

5. 무엇보다도 허둥대거나 상심하지 마라. 만물은 우주의 본성을 따르고, 얼마 후에 당신도 하드리아누스(Hadrianus) 황제나 아우구스투스(Augustus) 황제처럼 흔적도 없이 사라져서 그 어디에서도 찾아볼 수 없게 될 것이다.

다음에는 자신이 하는 일을 잘 생각해 봐라. 그리고 당신은 선한 인간이 되어야 한다는 것을 상기하고, 인간 내면의 본성이 요구하는 것을 흔들림 없이 행하라. 또한, 당신이 가장 정당하다고 생각하는 것을 선의를 가지고서 겸손하고 거짓 없이 말하라.

6. 우주 본성의 임무는 여기에 있는 것을 저쪽으로 옮기고, 이를 변화시킨 다음 다른 곳으로 나르는 것이다. 만물은 변화를 통해 변형된 것들이므로 새로운 것과 만나게 될 것을 두려워할 필요가

없다. 만물은 우리가 잘 알고 있는 것들이고, 누구에게나 공평하게 분배된다.

7. 모든 본성은 자신의 길을 순리대로 나아갈 때 만족한다. 이성적인 본성이 순리대로 나아가는 것은 다음과 같은 경우다. 즉 사념에 있어서 거짓이거나 모호한 것을 거부하고, 충동이나 욕구를 오직 사회 공익을 위하는 것에만 집중하며, 자신의 영역에 속한 것들에 대해서만 좋고 싫음을 나타내고, 우주의 본성이 자신에게 할당한 모든 것들을 기꺼이 받아들이는 경우이다. 잎의 본성이 그 잎이 속한 식물의 본성의 일부인 것처럼, 이성적인 본성은 우주의 본성의 일부이기 때문이다.

그런데 잎의 본성은 감각과 이성이 없어서 식물의 본성으로부터 독립된 본성이 아닌 반면에, 인간의 본성은 우주의 본성으로부터 자신이 고유하게 할당받은 기간과 실재와 원인과 활동 경험 내에서는 아무런 구속을 받지 않는 이성적이면서 정의로운 본성이라는 것이다.

하지만 우리는 개체들의 본성이 아니라 그 개체들이 속한 종들의 본성을 서로 비교해서 검토해야 한다.

8. 무엇인가를 연구해서 알아낼 수 없다고 할지라도, 당신은 교만한 마음을 억제하거나 다스릴 수 있다. 쾌락과 고통에 대해 초연할 수 있으며, 허망한 명예욕을 버릴 수도 있다. 지각없고

감사할 줄 모르는 사람들에게 분노하지 않을뿐더러 그들의 어려움을 살펴줄 수도 있다.

9. 궁정 생활에 대한 당신의 불평을 그 누구도 듣지 못하도록 하라. 아니, 그런 말이 당신 귀에도 들리지 않게 하라.

10. 후회라는 것은 무엇인가 유익한 것을 놓쳐버린 데 대한 일종의 자책 같은 것이다. 선은 유익한 것일 수밖에 없으므로, 선한 사람이 늘 관심을 두지 않으면 안 된다.
진정으로 선한 사람이라면 쾌락을 놓쳤다고 해서 후회하는 일은 없을 것이다. 그러므로 쾌락은 유익한 것도 아니고 선한 것도 아니다.

11. 여기 있는 이 사물의 본성은 무엇이며, 이것의 본질은 무엇인가? 그 실재와 질료는 무엇인가? 그 본성의 원인은 무엇인가?
그것은 우주 속에서 어떤 역할을 하는가? 그것은 얼마 동안이나 존속하는가?

12. 잠자리에서 일어나기 싫을 때면 사회에 도움이 되는 일을 하는 것은 당신의 본성과 인간의 본성에 부합하지만, 수면은 이성이 없는 동물도 취한다는 것을 상기하라.
각 개인의 본성에 부합하는 일이야말로 무엇보다도 참된 것이고, 더 친근하고 친숙해서 무엇보다도 즐겁게 느껴진다.

13. 끊임없이 그리고 가능하다면 어떤 경우에나 자신의 사념에 물리학, 윤리학, 논리학의 원리를 적용해봐라.

14. 어떤 사람을 만나든지 그 즉시 "이 사람은 선악에 관해 어떤 견해를 갖고 있을까?" 하고 자문해 봐라.

만일 그가 쾌락, 고통과 그 원인, 명예와 불명예, 삶과 죽음에 대해 이러저러한 견해를 갖고 있다는 사실을 안다면, 그가 특정한 방식으로 행동을 해도 나는 놀라거나 이상하게 생각하지 않을 것이다. 그리고 나는 그가 그렇게 행동할 수밖에 없고, 그에게는 다른 선택지가 없다는 것을 인정하게 될 것이다.

15. 무화과나무에 무화과가 열린 것을 보고 놀란다면 어처구니없는 일인 것처럼, 우주가 어떤 것을 잉태하고 있다가 낳는 것을 보고서 놀라는 것도 어처구니없는 일이다. 마찬가지로 의사가 환자에게 열이 있는 것을 알고 놀라거나 타수(舵手)가 회오리바람이 부는 것을 보고 놀란다면, 그 역시 어처구니없는 일이다.

16. 다른 사람들의 충고를 따라 당신의 마음이나 생각을 바꾸고, 당신의 행동을 바로잡는 것은 결코 당신의 의지의 참된 자유를 포기하는 것이 아니다. 당신이 행한 것은 당신 자신의 의지와 판단

그리고 당신 지성에 따라 최종적으로 정한 당신 자신의 행동이기 때문이다.

17. 그 일에 대한 선택권이 당신에게 있다면, 당신은 탓할 것이 아무것도 없다. 하지만 선택권이 당신에게 없다면, 당신은 누구를 비난하려는가? 우연인가, 아니면 신들인가? 어느 쪽을 탓하든 모두 어리석은 짓이다. 당신은 아무도 비난하지 말아야 한다. 당신에게 가능한 일이라면, 그 원인이 되는 것을 바로잡아야 하기 때문이다.

그러나 그것이 불가능할 때는 그 일 자체라도 바로잡아야 한다. 그것도 할 수 없다면, 비난해본들 당신에게 무슨 소용이 있겠는가? 아무 소용도 없는 짓은 하지 않는 것이 상책이다.

18. 어떤 것이 죽는다고 해서 우주 밖으로 내쳐지는 것이 아니다. 그것은 여전히 우주 안에 머물러 있으면 변화를 겪는다. 우주의 원소들이자 당신 자신을 구성하는 원소이기도 한 그 자신의 원소들로 분해된다. 그리고 그 원소들도 변화를 겪지만, 자신들이 변하는 것에 대해 결코 불평하지 않는다.

19. 만물은(말[馬]이든 포도나무든) 각각 어떤 목적을 위해 존재한다. 당신은 이 말이 이상하게 들리는가? 태양조차도 "나는 어떤 과업을 수행하기 위해 태어났다."라고 말할 것이다. 그 밖의 다른

신들도 마찬가지다. 그렇다면 당신은 무슨 목적을 위해 존재하는가? 쾌락을 즐기는 것인가? 당신의 이성이 그런 대답에 수긍하겠는가?

20. 자연은 마치 공을 위로 던져 놓고서 쳐다보는 사람처럼, 모든 것에서 발단과 과정만이 아니라 종말도 섭리한다. 하지만 공이 위로 던져져 공중에 있다고 해서 그것이 공에게 무슨 유익이 되고, 밑으로 내려오거나 땅에 떨어진다고 해서 그것이 무슨 해가 되겠는가. 물거품이 형성된다고 해서 그것이 물거품에게 무슨 유익이 되고, 물거품이 꺼진다고 해서 그것이 무슨 해가 되겠는가. 생명의 빛에 대해서도 같은 말을 할 수 있다.

21. 육체의 실상을 꼼꼼히 살펴보라. 나이를 먹으면 어떻게 되는가? 병들었을 때는 어떻게 되고 숨을 거둘 때는 어떻게 되는가?
인생은 짧다. 칭찬하는 자에게나 칭찬받는 자에게, 또 기억하는 자에게나 기억되는 자에게 인생은 한순간일 뿐이다. 그리고 이러한 일은 모두 이 세계의 후미진 한 모퉁이에서 일어나고 있다. 그런데 이 한 모퉁이에서조차 의견이 제각각이며, 서로 같은 의견을 갖는다는 것은 불가능한 일이다.
심지어 자기 자신조차도 한결같은 의견을 갖는 것이 불가능하다. 또한 지구 전체도 단지 하나의 점에 불과하지 않은가.

22. 눈앞에 닥친 문제 ― 그것이 의견이든 행동이든 또는 말(언어)이든 ― 를 직시하라. 당신이 그런 일을 당하는 것은 당연한 일이다. 당신은 오늘 선하게 살기보다, 내일 선하게 살려고 하기 때문이다.

23. 나는 지금 무슨 일을 하고 있는가? 그 일은 인류의 유익을 위한 일이어야 한다.

나에게 무슨 일이 일어나고 있는가? 나는 그 일이 신들에게서 그리고 만물이 생겨나는 근원에서 온 것임을 알기 때문에 그 일을 기꺼이 받아들인다.

24. 목욕할 때 생겨나는 비누 거품과 땀과 때 그리고 기름기가 떠 있는 물을 보면, 당신은 역겨워할 것이다. 인생의 모든 부분과 인생에서 만나는 모든 것들이 이와 비슷하다.

25. 루킬라(Lucilla, 마르쿠스의 어머니)는 베루스(Verus, 마르쿠스의 아버지)를 매장했고, 그런 후에 자신도 매장되었다. 세쿤다(Secunda)는 막시무스(Maximus)의 죽음을 지켜보았으나, 자신도 죽었다. 에피팅카노스는 디오티모스(하드리아누스 황제가 총애했던 해방 노예)의 임종을 지켜보았으나, 자신도 죽었다. 안토니누스(Antoninus, 아우렐리우스의 양부)는 파우스티나(Faustina, 안토니누스 황제의 왕비)를 매장했고, 그런 후에 자신도 매장되었다.

이런 일은 계속된다. 켈레르(Celers, 하드리아누스 황제의 시종, 웅변가)는 하드리아누스(Hadrianus)를 매장하고 나서 그 자신도 매장되었다.

그리고 매우 뛰어난 지혜를 지녔던 자들, 예지력과 학식이 남달랐던 자들은 지금 어디에 있는가? 예컨대 카락스(Charax)나 플라톤학파의 데메트리오스(Demetrius, 견유학파 철학자)나 에우다이몬(Eudaemon, 점성가) 같은 사람들은 날카로운 지혜를 가졌던 자들인데, 지금 어디 있는가? 모두가 하루살이였고, 벌써 오래전에 죽었다. 어떤 이는 사람들의 기억에서 곧 잊혔고, 어떤 이는 전설의 주인공이 되었고, 어떤 이는 그 전설에서조차 사라져버렸다. 그러므로 당신의 육신을 이루고 있던 것들은 원소들로 해체되고, 당신의 혼은 소멸되거나 다른 곳으로 옮겨가는 것이 당신의 운명이라는 것을 기억하라.

26. 사람은 사람다운 일을 할 때 만족을 느낀다. 사람다운 일이란 모든 사람을 선의로 대하고, 감각의 충돌이나 충동적인 욕망을 경멸하며, 그럴듯한 사상의 진위를 식별할 줄 알고, 우주의 본성과 이에 따라 생성되는 것들을 관조하는 것 등이다.

27. 당신과 다른 개체들 사이에는 세 가지 관계가 있다.
첫째는 당신을 담고 있는 그릇인 육신과의 관계이고, 둘째는 모든 사람에게 일어나는 모든 것의 원천인 신이라는 원인과의 관계이며, 셋째는 함께 살아가고 있는 사람들과의 관계이다.

28. 고통은 육신에 해롭거나 ─ 그렇다면 육신이 고통스럽다고 스스로 말하게 해야 한다. ─ 아니면 영혼에 해롭다.

그런데 영혼은 고통을 해롭다거나 악으로 생각하지 않고, 맑음과 고요함을 유지하는 힘이 있다. 모든 판단과 충동과 욕망과 혐오는 마음속에서 일어나며, 어떠한 악도 마음속에는 침투하지 못하기 때문이다.

29. 당신은 언제나 자기 자신에게 다음과 같이 말함으로써 마음속으로 들어오는 모든 상상을 씻어내라. ─ "내가 어떻게 생각하느냐에 따라, 악한 것이나 마음을 어지럽히는 모든 것을 범접하지 못하도록 몰아낼 수 있다. 그리고 만물의 본성을 있는 그대로 통찰하고, 각각의 것들에 맞게 선용할 수 있다."고. 자연이 이러한 능력을 당신에게 부여했다는 것을 명심하라.

30. 원로원에서 다른 사람과 이야기할 때는 진솔하고 명료하게 말하라. 그리고 모호하게 말하지 말고, 건전하고 평이한 말을 사용하라.

31. 아우구스투스(Augustus) 황제의 궁전과 그의 아내와 딸, 후손들과 조상들, 누이와 아그리파와 친척들, 식솔들과 친구들,

아레이스(아우구스투스 측근 철학자)와 마에케나스(Maecenas, 아우구스투스의 상담사, 문학자들의 후원자)와 의사, 사제 등을 비롯해서 그에게 속했던 황궁 전체가 죽어 없어졌다.

한 사람의 죽음이 아니라 폼페이우스(Pompeius)의 경우와 같이 가문 전체가 멸망했다. 이를 상기하면서 다른 사람들의 운명을 생각해 보자. 그리고 묘비에 쓰여 있는 '폼페이우스 가문의 마지막 사람'이라는 말을 생각해 보고, 그 조상들이 자신들의 후손을 남기려고 얼마나 애썼을지를 떠올려봐라. 그러나 누군가는 결국 마지막 사람이 될 수밖에 없고, 또다시 한 가문 전체가 죽어 없어지게 된다.

32. 우리의 삶은, 하나하나의 행동에서 시작된다. 그리고 각각의 행동이 추구하는 목적을 최선을 다해서 이뤄냈다면 그것에 만족해야 한다. 당신이 그런 삶을 살아가는 것을 방해하는 자는 아무도 없다. 외부에서의 방해가 있을 수도 있지만, 당신이 선의를 가지고 정의롭고 지혜롭게 행동해 나가는 것을 가로막을 자는 없다.

그러나 어떤 다른 형태의 행동이 방해한다면? 그런 경우에는 그런 방해를 기꺼이 받아들이고서, 당신에게 주어진 상황 속에서 가능한 일에 힘을 기울여 즉시 다른 행동으로 대체해야 한다. 그러면 앞에서 말한 그런 삶을 살아갈 수 있을 것이다.

33. 자만심 없이 부(富)나 영화(榮華)를 받아들여라. 그러나 아낌없이 버릴 각오를 해라.

34. 혹시 당신은 몸뚱이에서 잘려나간 손이나 발이 조금 떨어진 곳에서 뒹구는 광경을 본 적 있는가? 자신에게 일어나는 일에 만족하지 못하고 다른 사람들에게서 동떨어져서 비사회적인 행동을 하는 사람은 몸체에서 떨어져 나간 발이나 머리와 다름없다. 그런 경우 그 사람은 자연의 일부로 태어났는데도 불구하고, 자신을 스스로 단절시켜서 외톨이로 만들어버린 것이다.

그러나 그런 사람도 자연으로 되돌아가서 다시 그 일부가 될 수 있는 길이 여전히 열려 있다. 신은 인간 이외의 다른 것에는 산산조각이 난 것을 다시 본래대로 결합시키는 능력을 허용하지 않았다. 이는 신이 오직 인간에게만 부여한 특권이다.

보라, 영광스럽게도 신이 인간에게 베푼 자비를! 신은 인간에게 자연에서 분리될 수 없도록 만들었다. 그런데도 인간이 자연에서 분리되면, 다시 돌아와서 일체를 이루고 자연의 일부로서 자신에게 맡겨진 역할을 되찾을 수 있게 했다.

35. 우주의 본성은 모든 이성적 존재에게 거의 모든 능력을 부여했는데, 다음과 같은 능력도 이 본성으로부터 주어진 것이다.

즉 우주의 본성은 자기를 방해하거나 거스르는 모든 것들을 자기 자리로 되돌아가게 해서 질서의 한 부분으로 편입시키듯이,

모든 이성적인 존재도 자신을 방해하는 모든 것들을 자신에게 유용한 것들로 바꾸어서 자신의 원래 목적을 달성하기 위한 자료로 이용할 수 있다는 것이다.

36. 당신의 전 생애를 돌아보고 괴로워하지 마라. 자기 앞에 닥칠지도 모르는 고난을 머릿속에 미리 그려 보고 짓눌리거나 압도되지 마라. 그보다는 현재 일어나고 있는 하나하나의 일에 대해 '이 중에서 감당하기 어렵고 참기 힘든 것이 있었는가?' 하고 자문해보라. 이런 면이 있다는 것을 스스로 인정하게 되면 부끄러움을 누르기 어려울 것이다.

그다음에 당신을 무겁게 짓누르는 것은 미래나 과거가 아니라 언제나 현재라는 것을 상기하라. 그리고 현재만을 따로 떼어놓고 보면 별것 아닐 정도로 작게 보일 것이다. 만약 현재의 일을 감당할 수 없다고 생각하는 경우에는 자신의 나약한 마음을 채찍질하라. 그리하면 당신이 짊어져야 할 짐은 훨씬 줄어들게 된다.

37. 판테이아(Pantheia, 마르쿠스의 입양된 형제인 베루스(Verus)의 정부(情婦)), 또는 페르가무스는 지금도 자기 주인의 무덤 앞에 꿇어앉아 있을까? 카우리아스나 디오티무스는 지금도 하드리아누스(Hadrianus)의 무덤 옆에 꿇어앉아 있을까? 생각만으로도 터무니없고 우스운 이야기다.

만일 그들이 줄곧 무릎을 꿇고 있다면, 죽은 주인들이 그것을 알겠는가. 설령 그런 줄 안다 해도 기뻐하겠는가. 만일 기뻐한다고 해도 그들을 조문하고 슬피 우는 자들이 영원히 살겠는가.

그들도 노인이 되어 결국에는 죽게 될 운명이 아니던가. 그 조문객들이 죽고 나면 다른 사람들은 어떻게 될까. 모두가 부질없고 하찮은 일이다.

38. 어떤 현자가 이렇게 말했다.

"만약 당신이 '밝은 눈' — 우주의 본성을 따라 만물의 본질을 꿰뚫어 보는 정신의 혜안 — 을 가졌다면, 그 눈으로 보고 가장 현명한 판단을 내려라."

39. 이성적인 동물의 본성 속에는 정의와 반대되는 덕은 존재하지 않지만, 쾌락과 반대되는 덕은 존재한다. 그것은 절제다.

40. 당신을 고통스럽게 하는 어떤 것이 있다면, 그것에 대한 당신의 판단을 버려라. 그러면 당신은 전혀 고통스럽지 않게 될 것이다.

'당신'은 무엇인가? 이성이다. 하지만 이성이 당신 그 자체는 아니다. 맞다! 하지만 이성 자체가 자기 자신을 괴롭히는 일이 없도록 하라. 반면에 당신의 다른 부분(육신)이 괴로움을 느낀다면, 그 부분들로 하여금 그 고통을 표현하게 하라.

41. 감각을 방해하는 것은 동물의 본성에 해롭고, 충동을 방해하는 것도 마찬가지로 동물의 본성에 해롭다. 이와는 다르지만 어떤 것들이 식물의 본성을 방해해도, 식물의 본성에 해롭다. 같은 논리로, 이성을 방해하는 것은 이성의 본성에 해롭다.

그렇다면 이제 이 모든 것을 당신 자신에게 적용해봐라. 고통이나 쾌락이 당신을 사로잡는가? 그런 것들은 감각에 해로운 것들이다. 어떤 충동에 사로잡혀 행동하려다가 방해를 받은 적이 있는가? 만일 당신이 무조건 충동에 따른다면, 그 방해는 이성적 존재인 당신에게 해로운 것이다. 하지만 당신의 이성이 그 방해를 보편적인 제한으로 받아들인다면, 당신은 그 방해로 인해 해를 입게되지 않으므로 그것은 방해가 아닌 것이 된다. 이성의 고유한 기능을 방해할 수 있는 것은 아무것도 없다.

이성은 그 자체로 완전체이기 때문에, 불이나 칼이나 폭군이나 비방이나 그 밖의 다른 어떤 것도 이성에 상처를 주지 못한다. 이성은 '일단 원형이 되면 언제나 원형으로 있다.'

42. 나는 다른 사람을 의도적으로 괴롭힌 적이 한 번도 없다. 그런데 하물며 내가 나 자신을 괴롭히겠는가.

43. 사람들이 기뻐하는 것은 저마다 다르다. 내가 기뻐하는 것은 나를 지배하는 이성이 참되고 순수해서 사람들이나 환경을 부정하지 않고, 모든 것을 선한 눈으로 바라보며, 다른 사람이나

나에게 일어나는 모든 일을 싫어하지 않고 기꺼이 받아들여서, 각각의 것을 원래의 목적과 용도에 맞게 선용하는 것이다.

44. 현재의 시간을 자기에게 주어진 선물로 생각하고 이에 충실하라. 사후의 명성을 추구하는 사람은, 후세의 사람들도 지금 그를 힘들게 하는 사람들과 조금도 다름이 없고 그들도 영원히 살 수 없는 사람들이라는 것을 잊고 있는 것이다.

후세의 사람들이 당신에 대해 어떻게 말하든 또 당신에 대해 어떤 평가를 내리든, 그것이 당신과 무슨 상관이 있단 말인가.

45. 당신이 원하는 곳으로 나를 아무 데나 집어 던져라. 나는 거기에서도 내 안에 있는 다이몬(Daimon, 신성)을 평정하게 유지할 것이다. 내 자신의 본성에 적합한 태도와 행동을 취한다면, 나는 그것으로 만족해하고 행복해할 것이다.

다른 사람이 내가 모르는 곳으로 나를 집어 던졌다고 해서, 내 영혼이 불안해하고 안절부절못하며 답답해하고 겁을 집어먹을 이유가 어디 있겠는가. 과연 내가 그래야 할 이유를 찾아낼 수 있을까?

46. 인간에게는 인간의 본성과 양립할 수 없는 일이 일어날 수 없고, 소에게는 소의 본성과 양립할 수 없는 일이 일어날 수 없으며, 포도나무에게는 포도나무의 본성과 양립할 수 없는 일이 일어

날 수 없고, 돌에게는 돌의 본성과 양립할 수 없는 일이 일어날 수 없다.

이처럼 모든 존재에게는 각각 그 본성에 맞는 일만 일어나는데, 무엇 때문에 당신은 불만을 품는가? 우주의 본성이 당신에게 할당해준 것 중에서 당신이 감당할 수 없는 것은 아무것도 없다.

47. 당신이 어떤 외적인 일로 괴로워한다면, 당신이 힘든 것은 그 외적인 일 자체가 아니라 그 일에 관한 당신의 판단이다. 그런데 그 판단은 당신의 생각 하나를 바꿈으로써 금세 지워버릴 수 있다.

그리고 당신의 생각이 당신을 고통스럽게 하는 원인이라면, 당신은 얼마든지 그 생각을 바꿀 수 있고, 당신이 그렇게 하는 것을 막을 사람은 아무도 없다. 마찬가지로 만일 당신이 자기 자신에게 옳다고 생각되는 행동을 하지 않아서 괴롭다면, 그 일을 하지 않고 괴로워하기만 하는 당신에게 잘못이 있는 것이다.

제거할 수 없는 장애물이 당신 앞을 가로막는가? 그렇다고 해서 괴로워하지 마라. 그 일을 하지 못하는 것은 당신 때문이 아니니까. 그러나 그 일을 하지 않으면 살아가는 보람을 느낄 수 없는가? 그렇다면 인생에서 떠나라. 자기가 하고 싶은 일을 하고 죽는 사람답게, 장애물에 대해서 화를 내지 말고 홀가분하게 떠나는 사람처럼 그렇게 세상을 하직하라.

48. 인간을 지배하는 이성이 자기 자신에게는 만족하면서 자신이 원하지 않는 것은 그 어떤 것도 행하지 않고 피한다면, 그런 태도가 이성적이지 않고 단순한 반발에 의한 것이라고 할지라도 이성을 이길 수 있는 것은 아무것도 없다는 것을 잊지 마라.

그렇다면 이성이 지혜롭게 판단할 때는 무엇이 그 이성을 이길 수 있을까? 정념에 의해 흔들리지 않는 정신은 하나의 요새다. 인간에게 이 요새보다 더 견고한 곳은 없다. 일단 그곳으로 피신한다면 그 후에는 안전하게 지낼 수 있기 때문이다. 그러므로 이런 사실을 모르는 사람은 무지한 사람이고, 이 사실을 알면서도 거기로 피신하지 않는 사람은 운이 없는 것이다.

49. 최초로 받은 인상 이상의 것을 마음에 담아두지 마라. 어떤 사람이 당신을 헐뜯는다는 말을 했다는 것을 전해 들었다고 하자. 이것은 전해 들은 말에 지나지 않는다. 그러나 그가 전한 말에는 당신이 이 험담 때문에 해를 입었다는 말은 들어 있지 않다. 내가 나의 어린 아들이 앓아누워 있는 것을 본다면, 그것이 내가 본 전부이다. 나는 내 아들이 위독한지 그렇지 않은지는 알지 못한다.

이와 같이 언제나 최초의 인상만을 받아들이고, 당신 생각에 의거에서 내린 이러저러한 의견들을 덧붙이지 마라. 그러면 당신에게는 아무 일도 일어나지 않는다. 그런데도 당신이 이러저러한 결론들을 덧붙인다면, 그것은 당신 자신을 마치 우주에서 일어나는 온갖 일들을 속속들이 다 알고 있는 사람처럼 여기는 것과 진배없다.

50. "이 오이는 맛이 쓰다." 그러면 그것을 버려라. "길에 가시덤 불이 있다." 그러면 그것을 피해서 가라. 그것으로 족하다. "어찌 하여 세상에 이런 것들이 생겨났을까?" 하고 불평하지 마라. 그런 불평을 하면 자연을 잘 알고 있는 사람들에게 비웃음을 사게 될 것이다.

만일 당신이 목수나 제화공의 작업장에 가서 대팻밥이나 가죽 조각이 왜 널려 있냐고 따진다면, 그들은 당신을 얼마나 비웃겠는 가. 다만 목수나 제화공은 그 대팻밥이나 가죽 조각을 버릴 곳이 있지만, 자연은 자기 이외에 아무것도 갖고 있지 않다.

그러나 자연의 솜씨는 경탄할 만하다. 자연은 이렇듯 여유가 없으면서도, 그 안에 있는 것들이 부패하거나 노쇠하거나 무용지 물이 되거나 하면 이를 변화시켜 새로운 것들을 만들어낸다. 따라 서 자연은 밖에서 물질을 받아들일 필요가 없고, 쓰레기를 버릴 장소도 필요로 하지 않는다. 자연은 현재 가지고 있는 공간과 질료와 독특한 기술만으로 충분하고 완전하다.

51. 행동을 거칠게 하지 말고, 대화할 때는 횡설수설하지 말며, 생각은 모호하게 하지 마라. 영혼이 자체 속에만 갇혀 있게 하지 도 말고, 자신의 궤도를 이탈해서 제멋대로 날뛰게 두지도 마라.

인생에서는 여유를 잃지 마라.

사람들이 당신을 죽이려 하고, 사지를 갈기갈기 찢어놓으려고 하며, 온갖 저주를 퍼붓는다고 상상해봐라. 정신을 순수하고 현명하고 건전하고 정의롭게 유지해 나가는 것과 그런 것들이 무슨 상관이 있겠는가. 예를 들어, 어떤 사람이 맑고 시원한 물이 나오는 샘물 옆에 서서 이 샘물을 저주한다 해도 이 샘물은 맑고 시원한 물을 내뿜기를 멈추지 않을 것이다. 또한 그 속에 진흙을 던지든 똥을 던지든, 샘물은 재빨리 이를 흘려보내고 그 자국을 씻어내어 조금도 더러움을 타지 않을 것이다.

그렇다면 어떻게 해야 물이 고여 있는 웅덩이가 아니라 끊임없이 치솟는 영원한 샘물을 지닐 수 있는가? 언제나 자신의 자유를 지키면서, 선의와 성실과 겸손한 태도로 행동하면 된다.

52. 우주의 질서를 알지 못하는 사람은 자기가 어디 있는지 알지 못한다. 자기가 어떤 존재이며 우주가 무엇인지 모르는 사람은 우주의 목적이 무엇인지 알지 못한다. 따라서 이런 문제를 하나라도 등한시하는 사람은 자기가 무엇 때문에 살아가는지 말할 수 없을 것이다.

그런데도 어떤 사람이, 자기가 어디 있는지 또 자기가 어떤 존재인지도 모르는 자들의 비난을 두려워하거나 박수갈채를 받고 싶어 한다면, 당신은 이런 인간을 어떻게 생각하는가?

53. 당신은 매시간 세 번씩 자신을 저주하는 그런 사람에게서 칭찬을 받고 싶은가? 자기 자신에게도 인정받지 못하는 그런 사람의 마음에 들고 싶단 말인가? 자기가 한 일의 거의 전부를 후회하는 그런 사람이 과연 자기 자신을 인정할까?

54. 단지 자신을 둘러싸고 있는 대기로부터 숨을 가져오는 데만 그치지 말고, 만물을 포용하고 있는 이성과 조화를 이루어야 한다. 숨을 쉴 수 있는 사람이 대기에서 숨을 가져오는 것처럼, 모든 곳에 스며들어 있는 이성의 힘도 이것을 받아들일 수 있는 사람의 주위에 가득하다.

55. 일반적으로 악은 우주에 전혀 해를 끼치지 않는다. 그리고 어떤 사람의 악도 오직 악을 행하는 당사자에게만 해로울 뿐, 타인에게 전혀 해를 끼치지 않는다. 게다가 악을 행한 사람도 원하기만 하면 곧 악에서 벗어날 수 있는 능력이 있다.

56. 내 자유의지는 이웃 사람의 자유의지와는 직접적인 관계가 없다. 그것은 그의 호흡과 육신이 나와 직접적인 관계가 없는 것과 마찬가지다. 비록 각별한 상호의존 관계에 있더라도, 우리를 지배하는 이성은 저마다 독자성을 갖고 있다.

만일 그렇지 않다면, 이웃 사람의 악은 나에게 재앙이 될 것이다. 그러나 다른 사람에 의해 내 운명이 결정되도록 하는 것은 신의 의도가 아니다.

57. 햇빛은 쏟아져 내리는 것으로 보이고, 실제로 사방으로 확산되고 있지만 쏟아져서 없어져 버리는 것은 아니다. 그 쏟아짐은 확장이기 때문이다. 햇빛이 햇살이라고 불리는 이유도 거기에 있다. 즉 햇빛은 공간 속에서 확장되어 나가는 선이다.

햇빛이 좁은 틈새를 통해 어두운 방으로 스며드는 것을 보면, 햇살이 무엇인지 알 수 있을 것이다. 햇살은 직선으로 나아가며 확장되다가, 공기가 뚫고 지나가는 것을 가로막는 단단한 물체를 만나면 굴절된다. 그러나 빛은 그 지점에서 멈춰 서서 방향을 트는 것일 뿐이지, 억지로 뚫고 나아가려다 미끄러지거나 추락하는 것은 아니다.

이성적 사고의 확산과 파급도 이와 같아서 쏟아서 없어지도록 하는 것이 아니라 확장되도록 해야 한다. 도중에 어떤 장애물이 있는데도 억지로 뚫고 나아가려다가 충돌하거나 추락해서는 안 되고, 도리어 그 지점에 멈춰 서서 방향을 틀어 이성적 사고를 받아들이는 쪽으로 나아가야 한다.

이성적 사고가 나아가는 길을 가로막는 장애물은 빛을 받지 못하고, 이와 마찬가지로 이성적 사고의 빛을 받아들이지 않는 자는 자신에게서 스스로 이 빛을 빼앗는 결과를 초래한다.

58. 죽음을 두려워하는 자가 두려워하는 것은 의식이 없어지거

나 다른 의식으로 바뀌는 것이다. 하지만 죽어서 의식이 없어진다면, 사후에 그 어떤 좋지 않은 일이 일어나도 그것을 인식하지 못할 것이다. 그리고 사후에 다른 의식으로 바뀌는 것이라면, 당신은 전혀 다른 존재가 되어서 여전히 살아가게 될 것이다.

59. 인간은 서로 협조하기 위해 창조되었다. 그러므로 상대방을 가르치거나 아니면 용납하라.

60. 화살이 날아가는 것과 인간의 정신이 나아가는 것은 그 움직임이 각각 다르다. 화살은 늘 일직선으로 날아가는 반면, 인간의 정신은 어떤 때는 순조롭게 잘 나아가는 것처럼 보이기도 하고 어떤 때는 거기에 매달려 제자리에서 빙빙 도는 것처럼 보이기도 한다.

그럼에도 불구하고 인간의 정신이 신중하게 자기 자신을 돌아보거나 혹은 생각에 전념하고 있을 때는 화살 못지않게 그 목적을 향해 똑바로 날아간다.

61. 모든 사람의 지배적 능력인 이성 속으로 들어가고, 또한 다른 사람들이 당신의 지배적 능력인 이성 속으로 들어오는 것을 허용하라.

9
혼돈에 대하여

1. 부정한 행동을 하는 사람은 경건하지 못한 사람이다. 우주의 본성은 이성적인 동물(인간)이 각자의 능력에 따라 서로 돕고, 서로 해를 입히지 않도록 지었기 때문이다. 따라서 이 본성의 뜻을 어기는 사람은 분명히 신들 중에서도 최고의 신에게 불경죄를 짓는 것이다.

최고신에게 불경죄를 짓는 것은 거짓말쟁이도 마찬가지다. 우주의 본성은 모든 존재의 본성이며, 모든 존재는 지금까지 존재한 만물과 밀접한 연관이 있기 때문이다. 그리고 이 본성은 진리라고도 불리며, 모든 참된 것의 첫 번째 원인이 된다. 따라서 고의로 거짓말을 한 자는 사람을 속여 부정행위를 하고 있다는 점에서 불경죄를 지은 것이 분명하다.

또한 마지못해 거짓말을 한 사람이라 하더라도 우주의 본성과 부조화를 이루고 우주의 본성에 반하는 행위를 했다면, 이 역시 불경죄를 지은 것이다. 비록 자기 의사가 아니더라도 진실한 것에 위배되는 입장에 선다는 것은 본성에 반하는 것이기 때문이다. 그는 처음에 거짓과 참된 것을 분간하는 능력을 부여받았으나 이 능력을 소홀히 했기 때문에 거짓과 참된 것을 분간하지 못하게 된 것 아니겠는가.

이 밖에 쾌락을 선인 양 추구하고 고통을 악인 양 피하는 사람도 불경죄를 짓는 것이다. 이런 사람은 우주의 본성에 대해 '우주의 본성은 악인과 선인에 대한 분배가 불공평하다. 악인은 쾌락 속에서 살고 쾌락을 즐길 수 있는 수단을 가진 데 반해 선인은 고통 속에서 살고 고통을 유발할 수 있는 것들을 갖고 있지 않은가?' 하고 자주 비난할 테니 말이다.

그뿐 아니라 고통을 두려워하는 사람은 언젠가 우주에서 일어날 일에 대해서도 두려움을 느낄 터인데, 이것은 이미 불경죄를 지은 것이다. 그리고 쾌락을 추구하는 사람은 부정에서 벗어날 수 없을 것이므로, 이 또한 분명히 불경죄를 지은 것이다.

그러므로 우주의 본성이 공평하게 다루는 대립물에 대해서는 우주의 본성과 같은 정신으로 공평하게 다루어야 한다. 이 대립물을 공평하게 다룰 수 없다면 우주의 본성은 대립물을 창조하지 않았을 테니 말이다. 따라서 고통과 쾌락, 죽음과 삶, 명예와 불명예 등 우주의 본성이 공평하게 다루는 것에 대해 공평하게 처신할 수 없는 사람은 분명히 불경죄를 짓는 것이다.

우주의 본성이 이것을 공평하게 다룬다는 뜻은, 모든 일이 어떤 연쇄성에 의해 현재 태어나는 자나 앞으로 태어날 자에게 모두 공평하게 일어난다는 것이다. 그것은 섭리의 어떤 근원적인 욕구에 의해 일어나는 것이며, 섭리는 그 욕구에 따라 어떤 출발점에서부터 이 우주를 형성하게 된다. 그때 우주의 본성은 장차 일어날 사물에 관한 일종의 원리를 파악하고, 이러한 존재의 변화와 그 밖의 계기를 산출하는 힘을 결정한 것이다.

2. 거짓말과 온갖 종류의 위선, 사치와 교만이 무엇인지도 모르고 세상을 떠나는 것은 인간으로서 행복한 일이다. 그러나 그런 것이 진저리가 나서 숨을 거두는 것도 그다지 나쁜 일은 아니다.

그도 저도 아니라면, 당신은 차라리 악덕에 젖어 살기로 했는가? 이러한 열병에서 벗어나라고 경험이 당신을 설득하지 않았는가? 정신의 타락은 우리가 호흡하는 공기의 오염이나 변질보다도 훨씬 무서운 것이다.

3. 죽음을 두려워하지 마라. 이것도 우주의 본성이 원하는 것의 하나이므로 환영하라. 예컨대 젊고, 나이를 먹고, 성장하고, 성숙하고, 이빨이나 수염이나 백발이 생기고, 임신하고, 분만하는 행위들과 그 밖에 인생의 계절들이 가져다주는 과정들 역시 모두 소멸인 것이다.

따라서 이것을 잘 간파한 인간에게 어울리는 태도는 죽음에 대해 무관심하거나 비통해하거나 모멸감을 느끼지 않으면서, 자연 현상의 하나로 생각하고 죽음을 받아들이는 것이다. 그리하여 마치 당신이 지금 아내의 태중에서 아기가 태어날 때를 기다리는 것처럼, 당신의 영혼이 이 육신이라는 껍데기에서 벗어나는 때를 기다릴 일이다.

그러나 죽음에 대해 당신을 대범해질 수 있게 하고 당신의 마음을 달래주는 일반적인 가르침이 있다면 그것은 당신이 곧 떠나게 될 이 세상이 어떤 곳이며, 당신의 영혼이 곧 관계를 갖지 않게 될 사람들의 성질이 어떠한지를 바라보는 것이리라. 물론, 당신은 그들에게 화를 내서 안 되며, 오히려 그들과 사이좋게 지내야 한다.

그리고 당신은 당신과 신념이 같지 않은 사람들에게서 곧 해방된다는 것을 기억해야 한다. 우리가 인생에서 애착을 느끼는 유일한 것이 있다면, 그것은 우리와 신념이 같은 사람들과 함께 사는 것이 허용되는 경우이다.

그러나 당신은 사람들 속에서 조화를 이루지 못하고 사는 것이 얼마나 피곤한 일인지 잘 알고 있을 것이다. 그리하여 당신은 다음과 같이 말하게 될 것이다.

"오, 죽음이여, 빨리 오라! 나까지도 자기의 본분을 잊어버리는 일이 없도록!"

4. 죄를 짓는 사람은 자기 자신에게 죄를 짓는 것이고, 불의를

행하는 사람은 자기 자신의 영혼을 병들게 하는 것이다. 그러므로 악하게 되고 해를 입게 되는 것은 바로 자기 자신이란 사실을 잊지 마라.

5. 반드시 어떤 행동을 했기 때문에 불의한 것이 아니다. 어떤 행동을 하지 않았기 때문에 불의한 경우도 종종 있다.

6. 그때그때의 판단이 명확하고, 현재의 행위가 사회에 유용한 것이며, 현재의 마음이 세상에서 일어나는 모든 일에 만족한다면 그것으로 충분한 것이다.

7. 상상의 그림자를 지워버려라. 충동을 억제하라. 욕망을 잠재우고, 지배적 이성을 장악하라.

8. 이성을 갖지 못한 동물에게는 하나의 생명이 주어져 있을 뿐이다. 그러나 이성적인 동물에게는 하나의 지혜로운 영혼이 주어져 있다.

그것은 마치 땅에서 생산되는 모든 것에는 하나의 땅이 있고, 우리에게는 만물을 보게 하는 하나의 빛이 있으며, 시각과 생명을 가진 자에게는 호흡할 수 있는 공기가 있는 것과 같다.

9. 공통된 점을 갖고 있는 모든 것은 자기와 동류가 되길 원한다.

흙에서 나온 것은 흙을 그리워하고, 액체는 모두 함께 흘러가며, 기체도 마찬가지다. 그러므로 이런 것들을 분리시키려면 사이를 차단하는 장애물을 놓아두거나 강제력을 동원해야 한다. 불은 그 원소의 성질 때문에 위로 치솟게 되며, 지상의 다른 불을 만나거나 모든 물질이 조금이라도 건조하면 쉽게 타버린다. 그것은 연소를 방해하는 요소가 조금밖에 섞여 있지 않기 때문이다.

공통된 이성적 본성을 함께 가지고 있는 자들도 마찬가지이거나, 그 이상으로 동류가 되길 원한다. 이것들은 동류와 쉽게 어울리고 융합되므로 다른 것에 비해 뛰어나다.

한편 이성을 갖지 못한 동물 가운데서도 벌 떼나 가축의 무리나 새끼를 기르는 어미새의 무리 등에게서 사랑 같은 것을 찾아볼 수 있다. 이런 동물에게도 영혼이 있기 때문이다. 이들 고등 동물의 사회적인 본능은 식물이나 돌이나 목재에서는 결코 찾아볼 수 없는 것이다.

이성적 동물(인간)에게는 정치적 공동체와 우정과 가정, 집회 등이 있고 전시에는 동맹과 휴전이 있다. 그러나 보다 탁월한 것들, 예컨대 별들은 멀리 떨어져 있지만 일종의 통일성을 갖는다. 이런 사실들을 통해 설사 분리되어 있더라도 뛰어난 존재들일수록 그들 간에 갖는 공감적인 유대감이 더 크다는 것을 알 수 있다.

그런데 지금 어떤 일이 일어나고 있는가를 보라. 오직 이성적인 동물만이 이런 상호 간의 친화성과 호응을 망각하고 있으며, 이들 사이에서만 동류의 합류 현상을 찾아볼 수 없다. 그러나 그들이 이런 결합을 꺼리더라도 그것은 허사일 뿐이다. 그들은 결합하려는 본성이 강하기 때문이다.

잘 관찰해보면 당신도 이러한 사실을 발견할 수 있을 것이다. 세상에 완전히 고립된 인간은 없다는 것을……. 흙에서 나온 것 중에 흙과 인연을 끊은 것을 찾아내는 것이 세상과 완전히 담을 쌓은 인간을 찾아내는 것보다 쉬울 것이다.

10. 인간도 신도 우주도 각각 고유한 계절에 열매를 맺는다.

흔히 열매를 맺는다는 말은 포도나무나 그 밖에 이와 비슷한 식물들에 적용된다. 하지만 그것은 아무래도 무방하다.

이성은 만유와 자기 자신을 위해 열매를 맺는데, 그 열매는 이성 자체와 같은 성질을 지니고 있다.

11. 만일 가능하다면 잘못을 저지른 자를 잘 타일러 그 마음을 바로잡아 줘라. 그렇게 할 수 없다면, 이런 경우를 위해 당신에게 관용이 주어져 있다는 것을 상기하라. 신들도 이런 사람들에게 관용을 베푼다. 또한 일정한 목적을 위해 그들에게 협력하기를 아끼지 않으며 그들이 건강, 부, 명예 등을 얻는 것을 돕는다. 신들은 이처럼 자비롭다. 당신도 그렇게 할 수 있다. 그렇지 않다면 누가 그것을 방해하는지 말해보라.

12. 일하라. 그러나 마지못해 일하지는 마라. 또한 다른 사람에

게 동정을 구하거나 칭찬을 들으려고 일하지는 마라.

다만 당신이 일을 할 것인지 하지 않을 것인지는 사회적인 이성의 지시에 따라 결정하라.

13. 나는 오늘 모든 근심과 걱정에서 풀려났다. 아니 그것들을 모두 밖으로 내동댕이쳤다고 말하는 것이 오히려 적절한 표현일 것이다. 그것은 외부에 있었던 것이 아니라, 내부 즉 나의 주관 속에 있었기 때문이다.

14. 만물은 동일하다. 경험을 통해 잘 알고 있을 것이다.

시간에 있어서는 하루살이와 같은 것이고, 소재에 있어서는 무가치한 것이다. 우리가 묻어준 사람들의 시대에 존재하던 것이나 현재 존재하고 있는 것이나 다름이 없다.

15. 사물은 자기 자신에 대해 아무것도 모르고, 또 어떤 의견도 표명하지 않는다. 그러면서 따로따로 떨어져 우리의 외부에 존재하고 있다.

그러면 이런 사물들을 판단하는 자는 누구인가? 그것은 우주의 지배적 능력이다.

16. 이성적 · 사회적 동물의 선과 악은 피동적인 상태에서 나타나는 것이 아니라 행동하는 가운데 나타난다. 그것은 누군가의

덕과 악이 수동적인 상태에 있을 때 나타나지 않고 행동할 때 드러나는 것이란 말과 같다.

17. 공중에 던져진 돌의 관점에서 보면, 아래로 떨어지는 것이 나쁜 일이고 위로 올라가는 것이 좋은 일이라고 할 수는 없다.

18. 그들을 지배하는 이성을 깊이 들여다보라. 그러면 당신이 두려워하는 재판관은 어떤 인간들이고, 또 그들이 그들 자신에 대해서는 어떤 재판관인지를 당신은 알게 될 것이다.

19. 만물이 변화하듯, 당신 자신은 끊임없이 변화하고 어느 의미에서는 분해되고 있다. 그렇다. 우주 전체가 그렇다.

20. 다른 사람의 잘못은 그 자리에 그대로 두어라.

21. 활동의 정지, 욕구나 주관의 단절, 말하자면 죽음은 나쁜 일이 아니다. 이번에는 인생의 각 단계에 눈을 돌려보자.

예컨대 유년기, 소년기, 장년기, 노년기 등의 변화는 각각 하나의 죽음이다. 여기에 무슨 두려움이 있는가? 이번에는 당신이 할아버지 할머니 밑에서 지내던 시절을 생각해 봐라. 다음에는 어머니 밑에서 지내던 시절과 아버지 밑에서 지내던 시절을 생각해 봐라. 거기서 여러 가지 차이점과 변화와 정지를 발견하고 자문해 봐라. "여기에 무슨 두려움이 있는가?" 하고 자문해 봐라. 마찬가지로 인생 전체의 종국과 단절과 변화 속에도 두려움이 전혀 없지 않은가.

22. 당신 자신을 지배하는 이성과 우주의 근원적 본성 그리고 이웃 사람을 지배하는 이성을 검토해 봐라. 당신 자신을 지배하는 이성이 당신의 행동을 바르게 하도록 검토하라. 우주의 근원적 본성은 당신이 무엇의 부분인가를 잊지 않기 위해 검토하라. 그리고 이웃 사람을 지배하는 이성은 그가 무지 때문에 그런 행동을 했는지 또는 잘 알고 있으면서도 그런 행동을 했는지를 가려내고, 동시에 그를 지배하는 이성도 당신과 같은 것임을 확인하기 위해 검토하라.

23. 당신 자신이 사회 조직을 보충하여 이를 완전한 것으로 만드는 한 요소인 것처럼, 당신의 모든 행동도 사회생활을 보충하여 이를 완전한 것으로 만드는 한 요소가 되게 하라. 당신의 행위가 직접적이든 간접적이든 사회적인 목적과 관련을 갖지 않으면 모두가 사회생활을 혼란시키고 그 통일을 방해하여 분열을 일으킨다. 그것은 마치 대중 집회에서 어떤 사람이 멋대로 행동하여 전체의 분위기를 깨뜨리는 것과 같다.

24. 어린아이들의 다툼과 놀이 같은 인생, '시체를 짊어지고 다

니는 작은 혼들'이라는 말. ― 이것이 인생이다.

'죽은 자들을 위한 기원'도 죽음을 한층 더 생생하게 느끼게 해줄 것이다.

25. 어떤 대상의 형상적인 성질을 고찰하려면 이 성질은 그 소재에서 분리시켜야 한다. 그다음에 이것이 특수한 형태로 어느 정도 지속할 수 있는지를 알아보라.

26. 당신을 지배하는 이성이 마땅히 해야 할 일을 하는 것으로 만족하지 못했기 때문에 당신은 무수히 많은 고난을 겪어왔다. 그러나 이제 이런 일은 없어야 한다.

27. 다른 사람이 당신을 비난하거나 미워할 때 또는 이와 비슷한 감정을 입 밖에 낼 경우, 그들의 정신을 들여다보고 그들이 어떤 인간인지 알아봐라. 그러면 그들이 당신을 어떻게 생각하든 걱정할 필요가 없다는 것을 알게 될 것이다.

그러나 당신은 그들을 온화하게 대해야 한다. 그들은 본성상 당신의 친구이며, 신들도 꿈이나 신탁 등에 의해 그들이 가치 있다고 생각하는 일을 성취하도록 돕기 때문이다.

28. 우주의 주기적인 운동은 위에서 아래로, 영원에서 영원까지 변함이 없다. 우주의 본성이 개별적인 결과를 야기시키면서 움직

인다면 그 결과에 만족해라. 우주의 본성은 한 번 움직이고, 그 밖의 모든 일은 인과율에 의해 일어나기 때문이다.

그러나 이것은 어느 쪽이라도 무방하지 않은가. 우주는 이를테면 원자로 되어 있고 또 '불가분의 것'이기 때문이다. 요컨대 만일 신이 존재한다면 그것으로 충분하다. 그러나 만일 만물이 우연히 된 것이라면 당신까지 우연의 지배를 받을 필요가 없지 않은가.

얼마 후에 흙이 우리를 모두 덮어버릴 것이다. 다음에 흙 자체로 변화할 것이며, 이러한 변화는 영원히 계속될 것이다. 이 변화와 변형이라는 파도의 움직임과 속도를 헤아려보는 사람은 죽어가는 모든 것을 경멸하게 될 것이다.

29. 우주 생성의 원인은 이를테면 하나의 격류다. 그것은 만물을 휩쓸어간다. 그런데 보통사람이면서 철학자처럼 행동하려고 나서는 자들은 얼마나 비천한 인간인가! 모두들 철없는 소리를 지껄이는 바보에 지나지 않는다. 그렇다면 인간이여, 자연이 요구하는 것을 행하라. 가능한 한 분발하되, 남이 알아주기를 원하여 두리번거리지 마라.

플라톤의 이상국가를 기대하지 마라. 그러나 사소한 일이라도 순조롭게 진행되면 그것으로 만족하고, 그것을 사소한 일이 아니라고 생각해라. 누가 다른 사람의 신념을 변하게 할 수 있겠는가. 신념을 바꾸지 않고, 다만 속으로만 불평하면서 복종하는 체하는 것은 노예 생활과 무엇이 다르겠는가.

나에게 알렉산드로스(Alexandros)와 필리포스(Philippos)와 팔레론의 데메트리오스(Demetrius, B.C. 300년경의 아테네의 저명한 웅변가, 정치가, 철학자)에 관한 이야기를 들려다오. 만일 이들이 우주의 본성이 원하는 것을 알고 수양에 힘썼다면 그들을 본보기로 받아들이자. 그러나 만일 그들이 비극의 주인공처럼 행동한 것에 지나지 않는다면, 내가 그들을 본받을 이유가 있겠는가. 철학은 순박하고 겸손한 생활을 가르친다. 나를 교만과 허영으로 끌고 가지 마라.

30. 무수한 집회와 의식을, 폭풍우와 맑은 날씨를 가리지 않는 무수한 항해를, 이 세상에 태어나서 살다가 사라져가는 사람들의 천태만상을 높은 곳에서 내려다보라. 그리고 옛날 사람들의 인생과, 당신이 죽은 후에 태어날 사람들의 인생과, 현재 무지한 사람들 속에서 살아가고 있는 사람의 인생을 상기하라.

얼마나 많은 사람이 당신의 이름을 기억하는가? 얼마나 많은 사람이 당신의 이름을 잊게 될 것인가? 또 얼마나 많은 사람이 지금은 당신을 칭찬하지만 이내 당신을 욕하게 될 것인가? 기억도 명성도 그 밖의 모든 일도 얼마나 보잘것없는 것인가?

31. 외부적인 원인에 의해 일어난 일에 대해서는 동요되지 마라. 그러나 당신의 내부적인 원인에 의해 일어난 일에 대해서는 정의에 따라 대처하라. 이것은 바로 사회적으로 도움이 되는 것을

가리킨다. 이것은 당신의 이성에 적합한 것이기 때문이다.

32. 당신은 여러 가지 불필요한 고민의 싹을 잘라버릴 수 있다. 그것은 당신의 주관에만 존재하기 때문이다. 따라서 당신의 마음 속에 깃들여 있는 전 우주를 파악하고, 영원한 시간을 관조하며, 모든 개개의 사물이 재빨리 변화하는 것을 염두에 두고, 태어나서 죽을 때까지의 시간이 얼마나 짧은가를 생각하며, 태어나기 전의 무한과 죽은 이후의 영원을 상기하라. 이렇게 하면 당신은 곧 넓은 세계로 나갈 수 있을 것이다.

33. 당신의 눈에 보이는 것은 곧 소멸되고, 그 소멸되는 모습을 목격하는 사람도 곧 소멸되어 버린다. 늙어서 죽는 사람도 어려서 죽는 사람과 같게 된다.

34. 이 사람들의 지배적 원리는 어떤 것인가? 그들은 어떤 목적에 열중하고 있는가? 어떤 동기에서 사랑하고 존경하는가?
그들의 영혼을 적나라한 모습으로 바라보는 습관을 길러라. 그들의 비난에 의해 당신이 해를 입고, 그들의 칭찬에 의해 당신이 이익을 얻는다고 그들이 생각한다면 얼마나 큰 착각인가?

35. 상실은 곧 변화다. 그러나 우주의 본성은 변화를 좋아한다. 따라서 이 본성에 순종하면 모든 일이 순조로워진다. 아주 오랜

옛날부터 똑같은 일이 되풀이됐으며, 앞으로도 무한히 되풀이될 것이다. 그래도 당신은 이렇게 말하려는가?

만물은 지금까지 그리고 앞으로도 언제나 악하고, 신들이 이런 사태를 바로잡으려고 했으나 헛일이었으며, 세계는 끊임없이 악에 시달리게끔 정해져 있다고.

36. 만물의 근저에 놓여 있는 물질이 부패한 결과는 물, 먼지, 뼈, 악취에서 생긴 것이고, 대리석은 흙이 굳어서 된 것이며, 금과 은은 침전물의 축적이고, 의복은 한 줌의 털로 짠 것에 지나지 않는다. 자색 염료는 혈액으로 만든 것이고, 그 밖의 모든 것도 예외는 아니다. 우리들의 호흡(생명)도 예외는 아니어서, 이것에서 저것으로 변화하고 있다.

37. 이 비참한 삶에, 이 불평불만에, 원숭이 같은 잔재주에 신물이 나지 않는가? 당신은 무엇 때문에 속을 태우는가? 거기에 무슨 새로운 것이 있는가? 무엇이 당신을 안절부절못하게 하는가? 그것은 사물의 형상인가? 잘 살펴봐라. 혹은 질료인가? 잘 살펴봐라. 형상과 질료 이외에는 아무것도 없다. 따라서 이제는 신들 앞에서도 부끄러움이 없도록 더욱 소박하고 더욱 선량한 인간이 돼라.

이러한 광경을 100년 동안 관찰하든 3년 동안 관찰하든 마찬가지다.

38. 만일 그가 잘못을 저질렀다면, 악은 그에게 있다. 그러나 어쩌면 그는 잘못을 저지르지 않았을지도 모른다.

39. 만물은 유일한 예지적인 근원에서 비롯되었거나 ─ 이 경우에 부분이 전체를 위해 행하는 유익한 일을 불평해서는 안 된다. ─ 아니면 오직 원자만 존재하고, 이합집산이 있을 뿐이다. 그렇다면 무엇 때문에 당신은 걱정하고 있는가?

당신을 지배하는 이성에게 말하라. "그대는 죽었다. 소멸되었다. 들짐승이 되어버렸다. 그대는 위선자다. 가축의 떼와 단짝이다. 그대도 풀을 먹지 않는가?"라고.

40. 신들은 아무것도 할 수 없거나 무엇이든 할 수 있거나, 둘 중 하나다. 만일 신들이 아무것도 할 수 없다면 당신은 무엇 때문에 기도하는가? 만일 신들이 무엇이든 할 수 있다면 이러저러한 일이 일어나게 해달라거나 일어나지 않게 해달라고 기도하기보다는, 어떤 일이 일어나도 두려워하지 않고 어떤 것도 탐내지 않고 어떤 일을 당하더라도 슬퍼하지 않게 해달라고 기도해야 할 것이다. 만일 신들이 인간을 도울 수 있다면 이런 일도 도와줄 테니까 말이다. 그러나 어쩌면 당신은 이렇게 말할지 모른다. "신들이 그런 일은 내 힘으로 마음대로 할 수 있게 하였다."고.

그렇다면 당신의 힘으로 마음대로 할 수 있는 일을 자유로운 인간답게 이용하는 쪽이 노예나 비열한 인간처럼 불가능한 일을 바라는 것보다 더 낫지 않겠는가? 인간에게 가능한 일에 대해서는 신들이 도움을 주지 않는다고 누가 당신에게 말했는가? 어쨌든 이런 일을 위해 기도를 시작해 봐라. 그러면 곧 알 수 있을 것이다.

어떤 사람은 이렇게 기도한다. "저 여자와 한 번 동침할 수 있게 해주소서!" 하고. 그런데 당신은 이렇게 기도한다. "저 여자와 동침하려는 욕망을 갖지 않게 해주소서!" 하고. 그리고 다른 사람은 이렇게 기도한다. "저 사람을 쫓아내게 해주소서!" 하고. 그런데 당신은 "내 자식의 죽음을 두려워하지 않게 해주소서!" 하고 기도한다. 요컨대 당신의 기도를 이런 식으로 바꿔서 해봐라. 그러면 그 결말을 알게 될 것이다.

41. 에피쿠로스(Epicouros)가 말했다.

"병에 걸려 누워 있을 때도 나는 내 육신의 고통을 입 밖에 낸 적이 없고, 문병 온 사람에게도 그런 말을 한마디도 비치지 않았다. 오히려 이전과 마찬가지로 나는 자연의 원리들에 대해 논했고, 특히 정신은 육신의 이러한 운동(병)에 관여하면서도 어떻게 하면 동요하지 않고 고유한 선을 추구할 수 있는가 하는 문제에 중점을 두었다. 또한 나는 의사들이 마치 대단한 일이라도 하는 것처럼 의기양양한 표정을 지을 기회도 주지 않았다. 내가 병들어 누워 있을 때조차도 나의 삶은 평안하고 아무 문제가 없었기 때문이다."

당신이 만일 병에 걸리거나 그 밖에 어떤 곤경에 빠지게 되면 에피쿠로스를 본받도록 하라. 삶 속에서 어떤 어려움을 만나더라도 철학을 포기하지 않고, 철학과 자연의 원리를 알지 못하는 무지한 자들이 이러쿵저러쿵해도 그 말들에 장단을 맞추지 않는 것이 철학을 하는 모든 학파의 공통된 원칙이기 때문이다. 그러므로 지금 이 순간에는 당신이 해야 할 일과 그 일을 하는 수단에 대해서만 유의하라.

42. 당신이 어떤 사람의 염치없는 행동 때문에 화가 나면 이렇게 자문해 봐라. '이 세상에 염치없는 사람이 존재하지 않는다는 것이 가능할까?'라고. 그것은 불가능하다. 그렇다면 불가능한 일을 바라지 마라. 당신이 방금 겪은 그 사람도 이 세상에 존재할 수밖에 없는 염치없는 사람들 중 한 사람일 뿐이다. 악한이나 사기꾼이나 그 밖에 모든 고약한 자를 만나더라도 이와 같은 생각을 바로 머리에 떠올려라.

이런 사람들이 존재하지 않을 수 없다는 사실을 알게 되면 그런 사람에게 좀 더 너그러운 태도를 보일 수 있을 것이다. 또한 즉시 다음과 같이 생각하는 것도 도움이 된다. '자연은 이 악덕을 보상하기 위해 어떤 덕을 인간에게 부여했는가?'라고. 자연은 당신에게 염치없는 사람에 대한 해독제로 너그러운 마음을 주고, 그 밖의 사람에게는 다른 능력을 주었다.

어쨌든 당신은 곁길에 접어든 사람을 타일러서 그 마음을 바로

잡게 할 수 있다. 잘못을 저지르는 사람은 자신의 목표를 상실하고 곁길에 접어들었기 때문이다.

그런데 당신은 어떤 피해를 입었는가? 당신이 화를 내고 있는 사람들 중에서 당신의 정신을 해친 사람이 없다는 것을 당신은 발견하게 될 것이다. 당신에게 해가 되는 일은 오직 당신의 정신에만 있다는 것을 잊지 마라.

무례한 사람이 무례한 행동을 했다고 해서 그것이 왜 해로운 것이며, 무엇이 이상한 일인가? 그 사람이 그런 잘못을 저지를 것을 예측하지 못한 당신이야말로 불찰이 아닌지 생각해 봐라. 그 사람이 그런 잘못을 저지를 거라고 생각할 만한 능력을 당신의 이성이 당신에게 주었을 테니 말이다. 그런데 당신은 그것을 잊어버리고, 막상 그 사람이 그런 잘못을 저지르고 나면 그제야 놀라고 있지 않은가.

당신이 어떤 사람을 믿을 수 없다든지 은혜를 고마워할 줄 모른다고 비난할 일이 생기면, 먼저 자기 자신을 돌아봐라. 당신이 그런 사람을 신뢰하여 그가 당신에게 신용을 지킬 것이라고 믿은 것도 당신 불찰이고, 또 그 사람을 흡족하게 도와주지 못했거나 즉시 열매를 거둘 수 있게 도와주지 못한 것도 분명 당신의 불찰이기 때문이다.

당신이 다른 사람을 도와줄 경우, 당신은 그에게 무엇을 바라는가? 당신 자신의 본성에 따라 좋은 일을 했으면 그것으로 족하지 않은가. 당신은 도와준 것에 대한 보수를 바라는가? 그것은 눈이 무엇인가를 본다고 해서 보수를 요구하거나 발이 걷는다고 해서 보수를 요구하는 것과 조금도 다르지 않다. 눈이나 발은 각각 그 특별한 임무를 다하기 위해 만들어졌으며, 그 본래의 역할에 따라 활동함으로써 자신의 본분을 수행하는 것이다. 인간도 이처럼 다른 사람에게 친절을 베풀도록 태어났다. 그러므로 어떤 친절을 베풀었거나 공익을 위해 다른 사람들과 협력했다면, 그것은 자신의 본성에 따라 행동한 것이고 자기의 본분을 다한 것일 뿐이다.

10

사회적 존재에 대하여

1. 오, 나의 영혼이여! 그대는 언제쯤 더욱 선량하고 순박하고 솔직하고 적나라(赤裸裸)하여 그대를 둘러싸고 있는 육신보다 돋보이게 될까? 언제쯤 당신에게 주어진 것에 만족하고, 더는 아무것도 필요로 하지 않으며, 탐내지 않고, 향락을 위해 어떤 생물이나 무생물도 원치 않게 될까? 언제쯤 즐거움을 누리기 위한 시간이나 장소나 쾌적한 날씨나 뜻이 맞는 사람들을 원치 않게 될까? 당신은 언제쯤 지금의 처지에 만족하고 현재 소유하고 있는 것만으로 즐거워할 수 있을까? 현재 당신에게 주어진 것은 모두 신들에게서 온 것이며, 신들이 좋게 여기는 것이야말로 현재나 미래에도 당신에게 좋은 것임을 언제쯤 스스로 납득하게 될까? 그리고 이렇게 완전하고 선하고 바르고 우아한 존재, 즉 만물을 짓고 보존하고 포용하고 이것이 분해되면 다시 같은 것을 만들어내는

존재를 수호하기 위해, 신들이 앞으로 하는 일은 무엇이나 당신에게 좋은 일이라고 이해하게 될까? 당신은 언제쯤 신들과 인간들을 비난하지 않고 또 그들의 비난도 받지 않게 될까?

2. 당신은 우주의 본성에만 지배되는 자로서 당신 내면의 본성이 무엇을 요구하고 있는지를 관찰하라. 다음에는 이 요구를 실천하라. 한 생명체로서 당신의 본성이 그것 때문에 손상될 우려가 없는 한 솔선해서 실천하라. 다음에 관찰해야 하는 것은 생명체로서 당신의 본성이 무엇을 요구하는가 하는 것이다. 이 때문에 이성적인 존재로서 당신의 본성이 그것 때문에 손상될 우려가 없는 한 이 요구를 모두 받아들여야 한다.

그런데 이성적인 존재는 곧 사회적인 동물이기도 하다. 그러므로 위에서 말한 원칙을 지키고 그 밖의 일에는 개의치 마라.

3. 당신에게 일어나는 모든 일은 당신이 본래부터 견딜 수 있는 것이거나 혹은 견딜 수 없는 것이다. 그러므로 만일 당신에게 본래부터 견딜 수 있는 일이 일어나면 불평하지 말고 견뎌 나가라.

그러나 만일 당신에게 본래부터 견딜 수 없는 일이 일어난다고 해도 불평하거나 피하려 하지 마라. 그러한 일은 당신을 소모시킨 다음에 자신도 소멸해버리는 것이기 때문이다.

당신이 어떤 일을 자기에게 유익하다고 여겨 참고 견디는 것을 하나의 의무라고 생각한다면, 생각 여하에 따라 견디기 쉬운 것으로 받아들일 수도 있다. 그러나 당신은 본래부터 이 모든 일을 견뎌낼 수 있는 존재임을 잊어서는 안 된다.

4. 만일 과오를 범하는 사람이 있으면 친절하게 타이르고, 그의 잘못을 지적해줘라. 그렇게 할 수 없다면, 자신을 탓하거나 아니면 아무도 탓하지 마라.

5. 당신에게 무슨 일이 일어나든 그것은 아주 먼 옛날부터 준비되어 있던 것이다. 즉 여러 가지 원인들이 서로 관련을 맺어, 먼 옛날부터 당신의 존재와 그 일을 연결시켜 놓고 있었던 것이다.

6. 우주가 원자의 집합이든 질서 있는 체계든 간에, 첫 번째 원칙은 나는 우주의 본성이 지배하는 만물의 한 부분이라는 것이다. 두 번째 원칙은 나는 나의 동료나 아웃 사람들과 밀접하게 연결되어 있다는 것이다.

마찬가지로 당신이 만물의 한 부분인 한, 전체인 우주가 당신에게 할당한 것에 대해 불만을 품어서는 안 된다는 것을 명심하라. 우주 전체에 유익한 일이 부분에 해가 되는 것은 없으며, 우주 안에는 우주 자신을 위해 불리한 것도 없다. 그리고 모든 본성은 앞에서 말한 것을 원칙으로 삼고 있으며, 우주의 본성에는 어떤 외부적인 원인에 의해 자기에게 해가 되는 일을 일으키도록 강요받지 않는다는 특징이 있다.

그러므로 당신 자신이 이런 우주의 한 부분이라는 것을 기억하고 있는 한, 당신은 이 세상에서 일어나는 모든 일에 만족할 수 있으리라. 그리고 동료나 이웃과 밀접한 관계가 있는 한, 당신은 반사회적인 행위를 하지 않고 오히려 그들과 함께할 수 있는 사회적인 이익을 도모할 것이며, 그것에 위배되는 일은 멀리할 것이다.

이렇게 하면 인생은 반드시 행복해질 것이다. 한 시민이 다른 시민들에게 유익한 활동을 하면서 일생을 보내고, 국가에서 어떤 사명을 부여하든 기꺼이 받아들인다면 그 사람의 생애는 행복할 것이라고 당신은 생각하지 않겠는가. 위에서 말한 것도 이와 마찬가지다.

7. 우주의 각 부분들은, 다시 말해서 우주 전체에 포함되어 있는 모든 부분은 반드시 소멸될 것이다. 그러나 여기에서의 '소멸'은 '변화'의 의미로 이해되어야 한다. 만일 우주 각 부분의 소멸이 본성상 악이고 불가피한 것이라면, 각 부분이 변화를 거듭하고 여러 가지 방법으로 소멸되도록 되어 있으므로 우주는 자신의 기능을 제대로 수행하지 못할 것이다.

자연은 자신의 일부인 각 부분에 고의로 해를 끼치고 재앙을 일으켜서 필연적으로 그 악에 빠지려는 것일까, 아니면 이런 일이 일어나는 것을 간과하고 있는 것일까? 이것은 둘 다 믿을 수 없는 일이다.

그러나 만일 어떤 사람이 자연이야 어찌 됐든 간에 사물들은 본래 그렇게 되어 있다고 설명하면서, 우주의 각 부분은 변화하게 끔 되어 있다고 주장하는 것과 동시에 그 변화가 자연법칙에 위배 되기라도 하는 것처럼 놀라거나 분개한다면 얼마나 우스운 일이 겠는가. 사물이 분해되면 그 사물을 구성하고 있던 각각의 요소로 해체되기 때문이다. 다시 말해서 사물의 해체는 만물을 구성하고 있는 여러 원소로 흩어지거나, 아니면 고체 성분이 흙 성분으로, 기체 성분이 공기 성분으로 변환하는 것이어서, 이들 성분은 우주 가 주기적으로 불로 타오르든, 영원한 변화에 의해 새로워지든, 우주의 이성 안으로 되돌아가기 때문이다.

또한 고체 성분 또는 기체 성분은 그것들이 처음 생겨났을 때와 같은 것이라고 생각하지 마라. 그것들은 모두 어제 또는 그저께 당신이 섭취한 음식이나 들이마신 공기로부터 비롯된 것이기 때문 이다. 그러므로 변화하는 것은 당신의 본성이 받아들인 것이지, 태어날 때 어머니에게서 받은 것이 아니다. 비록 당신의 개성이 이렇게 변하는 것과 밀접한 관계가 있다 하더라도, 그것은 내가 지금 말한 것에서 어긋나지 않는다.

8. 다른 사람에게서 '선한 사람, 겸손한 사람, 진실한 사람, 사 려 깊은 사람, 솔직한 사람, 순리를 따르는 사람'이라는 이름으로 불렸을 때는, 다른 이름으로 불리지 않도록 주의하라. 만일 이런 이름을 듣지 못하게 되거든 서둘러서 회복하도록 하라.

그리고 '사려 깊다'는 말은 모든 대상을 세심한 주의와 집중력을 갖고 대한다는 것을 의미한다. 그리고 '솔직하다'는 말은 우주의 본성이 당신에게 부여한 것을 기꺼이 받아들인다는 것을 의미하며, '순리를 따르다'는 말은 유쾌하거나 고통스러운 육체의 감각을 초월하고, 공허한 명성이나 죽음이나 그 밖에 이와 유사한 모든 것에 연연하지 않는다는 의미이다.

당신이 위에서 열거한 그러한 이름들을 굳이 들으려고 애쓰지 않는다면, 당신은 새로운 인간이 되어 새로운 삶으로 들어갈 것이다. 그러나 여전히 예전과 다름없는 인간으로 남아 있는 채로, 예전과 같은 삶을 살면서 찢기고 더럽혀지는 것은 너무나 무감각하고 삶에 집착하는 사람의 태도라고 아니할 수 없다. 이러한 사람은 마치 들짐승과 싸우다가 반쯤 넋이 나간 투사와 마찬가지다. 이런 투사는 상처에 흐르는 피를 온몸에 뒤집어쓰면서도 또한 내일도 똑같은 발톱과 이빨에 만신창이가 되리라는 것이 뻔한데도, 제발 내일까지만 살려달라고 애원하는 사람과 같다.

그러므로 당신은 처음에 열거한 몇 가지 이름의 배에 올라타라. 그리고 그 배에 머물 수 있으면 머물도록 하라. 마치 낙원 같은 어떤 섬에 이주해 온 사람처럼 거기서 떠나지 마라. 그러나 당신 자신이 그런 이름들에서 멀어져 다시는 회복할 수 없다고 느껴지면, 당신이 감당할 수 있는 수준으로 과감하게 물러나거나 이 세상에서 깨끗이 사라지는 것이 상책이다. 이때 분노를 품지 말고, 내면적 자유를 유지하며 담담하고 초연하게 사라지는 것이 중요하다. 이러한 태도로 사라지는 것은 당신의 삶에서 그나마 잘한 일이 될 것이다.

그러나 위에 열거한 이름을 잊지 않기 위해서는 신들을 생각해라. 더불어서 신들은 아첨 받기를 원하는 것이 아니라, 모든 이성적 존재들이 자신들을 닮기를 바란다는 것을 염두에 둔다면 크게 도움이 될 것이다. 또한 그들은 무화과나무는 무화과나무가 할 일을 하고, 개는 개가 할 일을 하고, 꿀벌은 꿀벌이 할 일을 하듯이, 인간도 인간이 해야 할 일을 하기를 원한다고 생각하는 것이 당신에게 도움이 될 것이다.

9. 인생의 풍자희극(諷刺喜劇), 전쟁, 공포, 허탈, 굴종 등은 당신이 자연을 탐구하지 않고 생각하다가 놓쳐버린 당신의 신성한 신념들을 날마다 지워버릴 것이다.

이 신념은 자연의 탐구자로서 당신이 품고 받아들인 것이다. 그러므로 당신은 우주에서 일어나는 일을 완벽하게 처리하는 동시에 사색의 힘을 발휘하고, 개별 사물들에 관한 지식에서 비롯되는 자신감을 남에게 과시하거나 숨기지 말고 견지할 수 있어야 한다.

도대체 당신은 언제 단순한 것을 즐길 수 있게 될까? 당신은 언제 엄숙함을 갖게 될까? 그리고 당신은 개개의 사물에 관한 지식, 예컨대 그 사물의 실체가 무엇인지, 그것은 우주에서 어떤 위치를 차지하는지, 얼마 동안이나 존속하게끔 만들어졌는지, 그것을 구성하고 있는 것은 무엇인지, 누구에게 속할 수 있는 것인

지, 그것을 주거나 빼앗을 수 있는 사람은 어떤 자들인지 하는
등의 지식은 언제 즐길 수 있을까?

10. 거미는 파리를 잡으면 의기양양해한다. 어떤 사람은 토끼
를, 어떤 사람은 그물로 정어리를, 어떤 사람은 멧돼지를, 어떤
사람은 곰을, 또 어떤 사람들은 사르마티아인(Sarmatian, B.C.
6~4세기 중앙아시아로부터 우랄산맥 지역으로 이주한 이란 계통의 민족)
들을 잡고 의기양양해한다. 그런데 이들의 행동 원리를 살펴보면
이들은 모두 날강도 아닌가?

11. 만물은 유기적으로 어떻게 변화를 거듭하고 있는가? 이러한
변화를 꿰뚫어 보려면 학문적 방법을 습득하고 이에 전념하여
이 분야에서 수련을 쌓아라. 마음을 넓히는 데는 그만한 것이
없기 때문이다. 그런 사람은 이미 육신의 거죽을 벗어버린 것이며,
머지않아 이 모든 것에서 떠나고 인간들과 작별해야 한다는 것을
안다. 그러기에 행동을 더욱 바르게 하고, 그 밖에 자기에게 일어
나는 일에 대해서는 우주의 본성을 따른다.
그뿐 아니라 누가 자신에 관해 무슨 말을 하든, 어떻게 평하든,
어떤 행동을 하든 전혀 개의치 않는다. 현재 자신이 해야 할 일을
정의롭게 수행하고, 자신에게 주어진 것을 사랑하는 것으로 만족
하기 때문이다. 또한 온갖 분주한 활동과 야망을 버리고, 법도에
따라 바른길을 감으로써 신을 공경하고 추종하는 것 외에는 아무

것도 바라지 않는다.

12. 당신에게는 지금 무엇을 해야 하는지를 아는 능력이 있는데, 무엇 때문에 주저하고 두려워하는가? 만일 당신이 자기가 가야 할 길을 찾아냈다면 곁길로 빠지지 말고 목표를 향해 흔쾌히 나아가라. 그리고 만일 자기가 가야 할 길을 찾지 못했다면 일단 발걸음을 멈추고서 훌륭한 조언자들에게 물어라. 또 만일 여기에 다른 장애가 생긴다면 주어진 가능성에 대해 냉정히 고찰하여 앞으로 나아가되, 정의라고 생각되는 길로 방향을 잡아라. 정의에 도달하는 것이 최선이며, 실패란 곧 여기에서의 실패를 의미하기 때문이다.

매사에 이성의 의지를 따르는 사람은 마음의 평정을 유지하면서도 활동적이고, 쾌활하면서도 침착하다.

13. 잠에서 깨어나는 즉시 '정의롭고 아름다운 일들을 다른 사람이 깎아내린다고 해서 그것이 나와 상관이 있을까?' 하고 자문해 봐라. 아니, 아무 상관도 없을 것이다.

당신은 남을 함부로 칭찬하거나 깎아내리는 자들이 침대에 누워 있을 때나 식탁 앞에 앉아 있을 때도 똑같이 처신한다는 것을 잊었는가? 당신은 또 그들이 무슨 일을 기꺼이 하고 무슨 일을 피하며 무엇을 추구하는지, 어떤 것들을 훔치고 빼앗았는지를 잊었는가? 그것도 손이나 발로 그러는 것이 아니라, 그들의 가장 귀중한 부분 — 즉 원하기만 하면 신뢰, 겸손, 진리, 법, 선한 수호신을 태어날 수 있게 하는 부분(이성)을 이용해서 그렇게 한다는 것을 잊었는가?

14. 교양을 갖추고 겸손한 사람은 모든 것을 주기도 하고, 모든 것을 빼앗아가기도 하는 자연을 향해 이렇게 말한다.

"당신 뜻대로 주기도 하고, 당신이 뜻대로 거두어가기도 하십시오."라고.

그러나 그는 자연에게 만용을 부리며 거만한 태도로 말하는 것이 아니라, 겸허히 순종하고 기꺼이 따르겠다는 마음으로 그렇게 말한다.

15. 당신에게 남아 있는 시간은 얼마 되지 않는다. 그러기에 산 위에 있는 것처럼 살아가라. 어디서나 우주 시민의 한 사람으로 살아가는 것이라면, 여기서 살든 저기서 살든 아무런 차이가 없기 때문이다.

사람들이 당신에게서 자연에 순응하여 살아가는 진실한 모습을 보고 또 인식하게 하라. 만일 그들이 당신의 그런 모습을 참지 못하면, 차라리 그들에게 당신을 죽이게 하라. 그것이 그들처럼 사는 것보다 훨씬 낫기 때문이다.

16. 선한 사람은 어떻게 행동해야 하는가를 이제 더 이상 논하

지 말고, 그런 사람이 돼라.

17. 시간의 전체와 실재의 전체를 항상 머리에 떠올려라. 그리고 모든 개별 부분들은 실재에 비하면 무화과나무의 씨에 지나지 않고, 시간에 비하면 나사를 한번 돌리는 순간에 지나지 않는다는 것을 명심하라.

18. 존재하는 모든 개체를 하나하나 잘 살피고 고찰하되, 그것은 이미 해체되고 변화하고 있음을, 말하자면 썩거나 흩어지고 있음을, 또한 모든 것은 죽기 위해 태어났음을 명심하라.

19. 그들이 먹고, 자고, 교배하고, 배설하고, 그 밖에 이와 비슷한 행동을 할 때 어떤 태도를 취하는지를 생각해 봐라.
또한 그들이 높은 자리에 앉아 군림하고, 교만을 떨고, 화를 내고, 호통을 칠 때 어떤 태도를 취하는지를 생각해 봐라.
그러나 그들이 지금까지 얼마나 많은 사람에게 어떤 목적을 위해 노예처럼 굴었는지, 또한 잠시 뒤에 그들이 어떤 상태에 빠지게 될 것인지를 생각해 봐라.

20. 우주의 본성이 각자에게 부여하는 것은 각자에게 유익하다. 그것도 본성이 부여하는 바로 그 순간에 유익하다.

21. "대지(大地)는 비를 좋아하고, 숭엄한 하늘도 비를 좋아한다." 우주도 반드시 일어나야 할 일을 하기를 좋아한다.

그래서 나는 우주에게 "나도 당신이 좋아하는 것을 좋아한다."고 말한다. 그리고 비슷한 말을 우리도 하지 않는가? "이런 일이 일어나기를 바란다."라고.

22. 당신이 이 세상에서 살아가는 데 익숙해졌든, 또는 바야흐로 떠나가려고 하든, 또는 이미 죽어가는 몸이어서 의무에서 풀려났든 그것은 당신의 뜻에 달려 있다. 이 세 가지 경우 이외에는 어떤 일도 없다. 그러니 용기를 내라.

23. 전원에서 넓은 땅을 가지고 살든, 산꼭대기에서 오두막을 짓고 살든, 바닷가에서 캠핑을 하며 살든, 아니면 당신이 원하는 그 어느 곳에서 살든 간에 사람이 사는 것은 어디나 똑같다는 사실을 결코 잊지 마라.

플라톤이 '(성벽이 에워싸인) 산속의 넓은 목장에서 울타리를 쳐놓고 양 떼를 기르며 젖을 짜는 삶'에 대해 한 말은 너무나 지당하다.

24. 나의 지배적 원리는 나에게 어떤 의미를 갖는가? 나는 지금 그것을 어떤 것으로 만들고 있으며, 어떤 목적에 사용하고 있는 가? 그것은 이성이 결여되어 있지는 않은가? 그것은 사회생활에서

멀리 떨어져 있지는 않은가? 그것은 보잘것없는 육신과 결합되고 혼합되어 육신의 지배를 받고 있지는 않은가?

25. 주인에게서 달아나는 자는 도망자다. 그런데 법이 주인이니, 법을 어기는 자는 도망자다.

그리고 만물의 지배자가 정해놓은 대로 일어난 일, 또는 일어나고 있는 일, 혹은 앞으로 일어날 일을 잘 받아들이지 못하고 슬퍼하거나 화내거나 두려워하는 자도 마찬가지다.

그러나 만물의 지배자에게 있어 법은 각자에게 알맞은 일을 할당하는 것이다. 그러므로 두려워하거나 슬퍼하거나 화를 내는 자는 도망자다.

26. 남자는 여자의 태(胎)에 씨를 뿌리고 나서 떠난다. 그러면 다른 원동력이 그것을 맡아서 태아를 키운다. 미미한 시작에서 비롯된 얼마나 놀라운 결과인가! 그다음에는 갓난애가 목구멍으로 음식을 삼킨다. 그러면 또 다른 원동력이 그것을 맡아서 감각과 충동, 한마디로 말해서 생명력과 힘, 그 밖에 다른 놀라운 것들을 수없이 만들어낸다. 이런 일은 또 얼마나 기묘한가!

따라서 당신은 이처럼 눈에 띄지 않게 은밀히 일어나는 과정들을 고찰하고 그 원동력을 관찰해야 한다. 그것은 마치 물체를 떨어지게 하는 힘과 솟아오르게 하는 힘을 우리 육안으로는 볼 수 없지만, 그에 못지않게 분명히 보는 것과 같다.

27. 지금 일어나고 있는 일과 같은 일들이 전에도 있었음을 명심하라. 또 앞으로도 마찬가지로 일어날 것임을 잊지 마라. 그리고 당신이 경험을 통해 알고 있거나 역사 이야기에서 배운 비슷비슷한 연극들과 무대들을 잊지 마라. 예를 들면 하드리아누스(Hadrianus)의 궁전 전체, 안토니누스(Antoninus)의 궁전 전체, 필립포스(Philippos), 알렉산드로스(Alexandros), 크로이소스(Kroisos)의 궁전 전체를 눈앞에 떠올려봐라. 그 연극들도 지금 우리가 보는 것과 같고, 다만 배우가 다를 뿐이다.

28. 어떤 일에 대해 화를 내거나 불만스러워하는 사람은 누구나 제물로 바쳐질 때 버둥대면서 비명을 지르는 돼지와 다를 것이 없다. 또한 혼자 침상에 누워 소리 없이 운명의 속박을 한탄하는 사람도 마찬가지다. 오직 이성적인 동물만이 이 세상에서 일어나는 일에 자진하여 순종한다는 것을 기억하라. 그러나 그 밖의 모든 것은 단지 복종만 강요될 뿐이다.

29. 무슨 일을 하든지 단계마다 잠시 멈춰 서서 자문해 봐라. '죽음이 두려운 것은 당신이 이 일을 더 이상 할 수 없게 되기 때문이냐?' 하고.

30. 남의 잘못 때문에 화가 치밀 때는 즉시 자신을 돌아보고서, 돈이나 쾌락이나 명성 등을 선하고 좋은 것으로 여겨서 당신도

똑같은 잘못을 저지르고 있지 않은지를 생각해 봐라. 그러면 당신의 분노가 속히 사라지게 될 것이다.

또한 그 사람이 어쩔 수 없어서 잘못을 저지르고 있는 것은 아닌지를 생각해 보는 것도 도움이 될 것이다. 그 사람이 그럴 수밖에 없는 상황에 처해 있다면, 그가 어떻게 다르게 행할 수 있겠는가. 또는 만일 당신이 할 수 있다면, 그 사람에게서 그런 어쩔 수 없는 상황을 제거해 줘라.

31. 소크라테스학파의 사튜론을 보면 에우튜케스나 휴멘을 생각하고, 에우프라테스를 보면 에우튜키온이나 실와누스를 생각하고, 알키프론을 보면 트로파이오포로스를 생각하고, 세베루스를 보면 크리톤이나 크세노폰을 생각하고, 자기 자신(아우렐리우스)을 바라볼 때는 황제 중의 한 사람을 생각하라. 그리고 모든 개인에 대해서도 이처럼 생각하라. 그다음에는 그들이 지금 어디 있는가를 돌아보라. 그들은 어디서도 찾아볼 수 없고, 또 어디 있는지 아는 사람도 없지 않은가.

이렇게 생각하면 당신은 인간사(人間事)는 모두가 연기(煙氣)요, 무(無)라고 생각하게 될 것이다. 특히 한번 변한 것은 영원히 존재하지 않는다는 것을 상기하면 더욱 그럴 것이다. 그런데 무엇 때문에 당신의 짧은 일생을 평탄하게 지내는 것으로 만족하지 못하고 안절부절못하는가.

당신은 얼마나 좋은 소재(素材)와 좋은 연구 과제를 놓치고 있는가? 사실 이 모든 것은 인생의 전 영역을 자연학적 관점에서 정확하게 고찰하는 이성에게는 그 모두가 수련(修練)의 대상이 아니고 무엇이겠는가. 그러므로 이러한 진리를 체득할 때까지 노력을 계속하라. 마치 튼튼한 위장이 모든 음식을 소화시키고, 붉게 타오르는 불길이 당신이 던진 모든 것을 화염과 불꽃으로 바꾸듯이 말이다.

32. 당신에게 성실하지 않다거나 선하지 않다고 말할 권리를 누구에게도 주어서는 안 된다. 당신을 그렇게 판단하는 자는 누구를 막론하고 거짓말쟁이로 만들어라. 그 모든 것은 당신의 생각 여하에 달려 있다. 당신이 성실하고 선한 것을 막을 사람이 누구이겠는가.

그런 사람이 되지 못한다면 더 이상 살지 않겠다고 당신이 결심하면 된다. 당신이 그런 사람이 못 된다면 이성도 당신이 사는 것을 더 이상 원치 않을 것이기 때문이다.

33. 주어진 조건에서 당신이 이성에 가장 알맞은 방법으로 할 수 있는 일은 무엇이며 할 수 있는 말은 무엇인가? 그것이 무엇이든지 당신은 그 일을 할 수 있고 그 말을 할 수 있다. 그러므로 그것을 못 하게 하는 방해물이 있다는 핑계는 대지 마라.

주어진 조건에서 인간의 타고난 소질에 맞게 행동하는 것은, 마치 관능적 인간이 쾌락을 탐하는 것처럼 당연한 일이라고 생각하게 될 때까지는 당신의 탄식 소리가 그치지 않을 것이다. 당신이 당신의 본성에 맞게 할 수 있는 것은 모두 쾌락이라고 간주해야 하기 때문이다. 그리고 본성에 맞게 행하는 것은 어디서나 가능한 일이다.

둥근 통이라고 해서 그 자체의 고유한 운동을 하는 것이 어디서 나 허용되는 것은 아니다. 그 점은 물이나 불, 그 밖에 모든 자연, 또는 이성이 없는 생명의 지배를 받는 다른 것들도 마찬가지다. 앞을 가로막고 저지하는 장애물들이 허다하기 때문이다.

그러나 정신과 이성은 본성상 원하는 대로 모든 장애물을 돌파 할 수 있다. 마치 불길이 위로 치솟고, 돌이 아래로 떨어지고, 둥근 통이 언덕 아래로 구르는 것처럼 이성은 모든 것을 돌파하는 능력이 있다는 것을 잊지 말고, 그 이상의 것은 바라지 마라. 그 밖에 다른 장애물들은 시체와 다름없는 육신에 영향을 미칠 뿐이 고, 우리가 억측을 하거나 이성을 굴복시키지 않는 한 이성을 파괴 하거나 이성에 해를 입힐 수 없다. 만일 이러한 장애물이 당신의 이성에 해를 입힌다면 이러한 장해를 받는 당신은 당장 악해질 것이기 때문이다.

그런데 실제로 인간과 구조가 다른 피조물들의 경우 그들 가운 데 어떤 것이 불상사를 당하게 되면, 그런 일을 당한 피조물은 그로 인해 그전보다 더 나빠진다. 그러나 똑같은 경우라도 인간은 이런 돌발사(突發事)를 잘만 이용하면 오히려 더 발전하고, 더 칭찬받을 만한 사람이 될 수 있다.

그리고 끝으로, 국가에 해를 입히지 않는 것은 국민에게도 해를 입히지 않는다. 또한 법에 해를 입히지 않는 것은 국가에도 해를 입히지 않는다는 것을 잊어서는 안 된다. 사람들이 재난이라고 부르는 것은 결코 법에 해를 입히지 않는다. 따라서 법에 해를 입히지 않는 것은 국가나 국민에게도 해를 입히지 않는다.

34. 신념에 투철한 사람에게는 매우 짧고 간결한 경구나 평범한 교훈이라도 고통과 공포에서 벗어나게 해주는 데 영향을 미친다.

예컨대, "나무 잎사귀는 바람에 날려 지상에 떨어진다. 인간도 이 나무 잎사귀와 같구나."

당신의 자식들도 조그마한 나무 잎사귀 같고, 제법 그럴듯한 갈채를 보내고 상찬(賞讚)하는 사람들이나 이와 반대로 저주하며 비난하고 조소하는 사람들도 마찬가지로 나무 잎사귀와 같다. 그리고 우리의 사후의 명성을 계속해서 이어받는 사람들도 마찬가지이다. 이것들은 모두 '봄이 오면 새싹이 돋아난다.'는 말과 어긋나지 않기 때문이다.

그리고 나면 바람이 그것들을 떨궈버리고, 다음엔 그 자리에 다른 잎사귀가 돋아난다. 덧없는 운명은 만물에게 공통된 것이다. 그런데 당신은 마치 이런 것들이 영원히 존속할 것처럼 어떤 일은 피하고 어떤 일은 추구하는가? 얼마 후에는 당신도 눈을 감을 텐데 말이다. 그뿐 아니라 당신을 무덤으로 운반한 사람을 위해 또 다른 사람은 만가(挽歌)를 부를 것이다.

35. 건강한 눈은 보이는 것은 무엇이든지 보아야 하며, 굳이 '나는 초록색으로 된 것을 보고 싶다.'고 투정을 부려서는 안 된다. 그것은 눈병이 난 사람이나 할 말이다. 마찬가지로 건강한 청각과 후각은 들을 수 있는 것은 모두 듣고, 냄새 맡을 수 있는 것은 모두 냄새 맡을 준비가 되어 있어야 한다. 그리고 건강한 위장은 마치 방아가 모든 곡식을 찧을 준비가 되어 있는 것처럼, 모든 음식을 소화시킬 준비가 되어 있어야 한다. 또한 건강한 정신도 일어나는 모든 일을 적절하게 처리할 준비가 되어 있어야 한다.

그런데 '내 자식을 살려주십시오.' 또는 '내가 무슨 일을 하든 모두 사람들의 칭찬을 받게 해주십시오.' 하는 것은 눈이 초록색으로 된 것만 보기를 원하고, 치아가 부드러운 음식만 씹기를 원하는 것과 같다.

36. 둘러서서 임종을 지키는 사람들 가운데 그에게 죽음이 다가오는 것을 기뻐하는 사람이 한 사람도 없다면, 그것만큼 행복한 일은 없을 것이다. 가령 그가 성실하고 현명한 사람이었다고 하더라도, 마지막 순간에는 마음속으로 이렇게 말하는 사람이 있을 수 있다.

"선생님이 가셨으니, 이제 우리도 한숨을 돌릴 수 있을 것이다. 선생님은 우리 가운데 그 누구도 모질게 대한 적이 없지만, 간혹 우리를 말없이 경멸하고 책망한다는 느낌을 받았으니까."

이것은 성실하고 현명한 사람의 경우이고, 우리 같은 사람의 경우에는 우리에게서 벗어나고 싶어 할 다른 이유를 가진 사람이 얼마나 많겠는가.

임종 때, 당신은 다음과 같이 생각하면 한결 쉽게 눈을 감을 수 있을 것이다.

'내가 오랫동안 그토록 애써서 돌봐주고 기도해주고 걱정해 주었던 가까운 사람들조차도 자신들이 좀 더 편해지기를 바라며, 내가 죽기를 바라는 것이 이 세상의 현실이다. 그런데 그런 삶에 무슨 미련이 남아, 이 세상에서 좀 더 오래 살아보려고 아등바등하겠는가. 지금 나는 바로 그런 삶과 작별하고 있는 것이다.'

그러나 그렇다고 해서 세상을 떠날 때 그들에 대한 우정이 식어서는 안 된다. 당신의 원래 성품대로 친근하고 너그럽고 온화한 모습으로 떠나가라. 그리하여 그들 사이에서 마치 뿌리가 뽑혀나가는 것처럼 떠날 것이 아니라, 할 일을 마치고 평안한 마음으로 최후를 맞이한 다음 영혼이 육신에서 벗어나는 것처럼 떠나야 한다.

자연은 당신을 그들과 인연을 맺어주어 사귀게 했으나, 이제 자연은 그들과의 인연을 끊게 하니 말이다. 그렇다. 나는 지금 가까운 사람들과 작별해야 하지만, 이에 저항하면서 질질 끌려가는 것이 아니라 평안한 마음으로 스스로 떠나가는 것이다.

죽음도 자연에 따라 일어나는 현상의 하나다.

37. 다른 사람이 하는 행동에 대해 다음과 같이 자문(自問)하는

습관을 지녀라.

'이 사람이 이런 행동을 하는 목적은 무엇일까?' 하고.

그러나 우선 자신의 행동부터 살피고, 스스로를 돌아보라.

38. 당신을 인형처럼 조종하고 있는 것이 당신 안에 숨어 있다는 사실을 잊지 마라. 그것이 우리의 설득력이고, 우리의 생명이다. 이렇게 말해도 된다면, 그것이 바로 인간이다.

그러나 당신을 담고 있는 그릇(육신)이나 주위에 붙어 있는 도구 등은 결코 그것에 포함시키지 마라. 이런 것들은 목수의 연장과 같은 것으로 당신의 부속품에 지나지 않으며, 이것을 움직이거나 정지시키는 원동력이 없다면 아무 소용도 없게 된다. 그것은 마치 방직공의 북(베틀에서, 날실의 틈으로 왔다 갔다 하면서 씨실을 푸는 기구)이나, 작가의 펜이나, 마부의 채찍보다 더 유용하지 않기 때문이다.

11

영혼에 대하여

1. 이성적인 영혼의 특성은 다음과 같다. 즉 영혼은 자기 자신을 돌아보고, 자기 자신을 분석하고, 뜻대로 자기 자신을 형상화하고, 자기가 맺은 열매를 스스로 수확하며, ― 이와 반대로 식물의 열매나 동물에 있어 그러한 열매에 해당되는 것은 다른 사람이 수확한다. ― 인생의 종말이 언제 닥치든 자기 자신의 목표에 도달한다.

이와는 달리, 무용이나 연극 등의 예술에서는 어떤 방해가 발생하면 그것 전체가 불완전해진다. 그러나 이성적 영혼은 이와는 달리 인생의 모든 단계마다 어디서 중단되더라도 눈앞에 닥친 임무를 완전히 수행하며, '나는 내 몫을 다 했다.'고 말할 수 있다.

또한 이성적인 영혼은 전 우주와 우주를 에워싼 공간을 왕래하면서 그 형태를 고찰하고, 무한한 시간 속으로 뻗쳐나가 만물의 주기적(週期的) 재생(再生)을 탐구하고 파악한다.

또한 이성적 영혼은 우리의 후손들은 새로운 것을 보지 못할 것이고, 또한 우리 조상들은 우리보다 더 많은 것을 보지 못했으며, 오히려 40세쯤 된 사람이 조금이라도 이해력이 있다면, 과거에 존재했고 또 미래에도 존재하게 될 만물을, 그 동일성(同一性) 때문에 다 본 것이거나 다름없다는 것을 알게 된다.

그리고 이성적 영혼은 이웃 사람을 사랑하고 진실하고 겸손하며 무엇보다도 자기 자신을 존중하는 등의 특성을 지니고 있다. 이것들은 또한 법의 특성이기도 하다. 그리하여 합리적 이성과 정의와 이성 사이에는 아무런 차이도 없는 것이다.

2. 당신은 미혹적인 노래나 춤이나 팡크라티온(Pankration, 권투와 씨름을 합친 운동) 등을 일단 분해해 보면 필경 경멸하게 될 것이다. 예컨대 만일 당신이 아름다운 목소리의 선율을 개별적인 소리로 분해해 놓고 그 하나하나에 대해 '이런 것에 내가 마음이 빼앗기겠는가?' 하고 자문해보면, 당신은 음악을 경멸하게 될 것이다. 그것에 압도당했다고 시인하는 것이 부끄럽기 때문이다.

그러나 무용에 대해서도 하나하나의 동작 또는 자세에 대해 분석해보면 마찬가지이고, 팡크라티온의 경우도 그 점에서는 똑같은 말을 하게 될 것이다.

요컨대 덕과 덕이 가져다주는 것을 제외하면, 사물을 하나하나의 구성 부분으로 해체하여 그 밑바닥을 들여다보게 되고, 이렇게 분해함으로써 그것을 경멸하기 마련이다. 같은 방법을 당신의 인생 전체에 적용하라.

3. 비록 지금 곧 영혼이 육체에서 떠나 소멸되거나 분산하거나 또는 그대로 존속된다 하더라도 이를 감당해낼 각오가 되어 있는 영혼은 얼마나 훌륭한가? 이러한 각오는 인간 자신의 판단에서 나오는 것이지, 기독교도처럼 단순히 순종하는 데서 생기는 것은 아니다. 그것은 신중하고 품위가 있어야 하며, 다른 사람을 설득하려면 비극적인 면을 보여서는 안 된다.

4. 당신은 사회를 위해 유익한 일을 한 적이 있는가? 만약 그렇다면, 그로 인해 덕을 본 것은 바로 당신이다. 이 점을 염두에 두고 결코 잠시도 선행(善行)을 멈추지 마라.

5. 당신이 할 일은 무엇인가? '선한 인간이 되는 것이다.'
그것은 삶의 보편적 원리를 존중하는 데서 출발해야 한다. 한편으로는 우주의 본성에 관한, 다른 한편으로는 인간의 고유한 본질에 관한 고찰 없이 어떻게 그것이 제대로 될 수 있겠는가?

6. 처음에 비극이 공연된 것은 이 세상에서 일어나는 여러 가지 사건을 관객들에게 인식시키기 위해서였다. 그리고 이런 일들은 본성상 필연적으로 일어나기 마련이며, 무대 위에서 매력적이라

고 여겨졌던 일들이 큰 무대(인생) 위에서 실제로 일어난다고 해도 괴로워해서는 안 된다는 것을 일깨워주기 위해서였다. 무대 위에서 이런 일들을 보면 반드시 결말을 갖게 되며, '아, 키타이론이여!' 하고 부르짖는 자들도 그런 일들을 참고 견뎌야 한다는 사실을 알 수 있기 때문이다.

그리고 비극 작가들은 쓸만한 말을 많이 남겨놓았다. 예를 들면, '설사 나와 나의 두 자식이 신들의 버림을 받게 되더라도, 거기에는 그럴 만한 이유가 있을 것이다.', 그리고 '우리는 세상에서 일어나는 일에 대해 불평만을 가져서는 안 된다.', 또는 '인생은 잘 여문 벼 이삭처럼 거둬들여야 한다.' 등이다.

이 밖에 비슷한 말들이 얼마나 많은지 모른다.

비극 다음에는 고대 희극이 공연되었다. 그것은 교육적인 목적을 위해 언론의 자유를 빌렸는데, 자유롭고 솔직한 표현으로 교만과 겸손이 무엇인지, 선과 악의 차이는 무엇인지 등을 효과적으로 가르쳤다. 또한 같은 목적을 위해 디오게네스(Diogenes)도 이들 작가들에 의해 인용되곤 했다.

그다음에 어떤 목적으로 중기(中期) 희극이, 이어서 새로운 희극이 공연되었는지를 생각해 봐라. 새로운 희극은 차츰 인생을 모방하는 단순한 기교로 타락하고 말았지만, 이때 활동한 작가들도 쓸만한 말을 남겨놓은 것은 널리 알려진 사실이다.

그런데 이러한 시나 극작(劇作)이 전체적으로 추구한 목적은 무엇이었던가?

7. 철학 하는 데 있어, 인생의 어떤 상황도 당신이 지금 처해 있는 상황만큼 적합하지 않다는 것은 명백한 사실이다.

8. 옆의 나뭇가지에서 한 나뭇가지를 떼어내면, 그것은 나무 전체에서 떨어지게 마련이다. 이와 마찬가지로 인간도 한 사람에게 등을 돌리면, 사회 전체에서 떨어져 나가게 되는 것이다. 가지는 다른 사람이 떼어내지만, 인간은 이웃 사람들을 미워하고 싫어함으로써 스스로가 이웃과 자신을 분리한다. 그러나 인간은 자기가 그렇게 하고서도, 공동사회 전체에서 자신을 스스로 분리시킨 것을 알지 못한다.

이런 상황에서도 공동체를 만들어낸 제우스신의 선물이 남아있음을 간과하지 말아야 한다. 그것은 우리가 이웃한 가지와 함께 자라, 다시 전체를 완성하는 한 부분이 될 수 있다는 것이다. 그러나 이러한 분리가 자주 반복되면, 분리된 부분이 다시 나머지 부분과 결합되더라도 이전 상태로 돌아가는 것이 어려워진다.

정원사가 무슨 말을 하든, 처음부터 나머지 부분과 함께 성장하고 함께 호흡을 계속해온 가지는 일단 떨어졌다가 다시 접목된 가지와는 차원이 다르다. 함께 자라도 한마음은 아닌 것이다. 이 말은 인간에게도 해당된다.

9. 당신이 올바른 이성에 따라 행동하는 것을 방해하려는 자들도 당신을 건전한 목적에서 벗어나게 할 수는 없다. 그렇다면 그들

에 대한 관용을 잃지 않도록 하라. 오히려 당신은 두 가지 원칙을 한결같이 고수하도록 하라. 하나는 당신의 확고한 판단과 행동을 견지하는 것이고, 또 하나는 당신을 방해하거나 그 밖의 일로 괴롭히려는 사람들에게 부드럽고 온유하게 대하는 것이다.

그들에게 화를 내는 것은 너무나 두려운 나머지 당신의 행동을 포기하거나, 겁이 나서 굴복하는 것 못지않은 허약함의 표시이기 때문이다. 두려움에 떠는 겁쟁이나, 본성적으로 친족이자 친구인 사람에게서 등을 돌리는 사람은 모두가 자기의 정당한 위치에서 벗어난 탈영자이다.

10. '어떤 자연도 인공적(人工的)인 것보다 못하지 않다.' 인공적인 것은 모두가 여러 가지 자연 현상의 모방이기 때문이다. 그것이 맞는다면, 가장 완전하고 다른 자연을 모두 포괄하는 그 자연은 어떤 인공적인 것에도 뒤지지 않을 것이다.

모든 기술은 더 우월한 것들을 위해 더 열등한 것들을 만들어내는데, 그 점은 우주의 본성도 마찬가지다. 그러한 우주의 본성에서 정의가 태어났고, 모든 선의와 미덕들은 정의에서 비롯되었다. 왜냐하면 우리가 선하거나 악하지도 않은 대상들을 중요시하거나 그런 것들에게 속아 비틀거리면서 변덕을 부리게 되면, 정의는 유지되지 못할 것이기 때문이다.

11. 당신이 산란한 마음으로 추구하거나 회피하는 대상들은

당신에게 다가오지 않고, 어떤 의미에서는 당신이 그 대상들을 향해 다가가는 것이다. 그러므로 그것들에 대한 당신의 판단을 삼가라. 그러면 그것들은 그 자리에 가만히 머물러 있을 것이고, 또한 당신이 추구하거나 회피하는 모습도 다른 사람의 눈에 띄지 않을 것이다.

12. 영혼이 무엇인가를 향해 뻗어 나가거나 안으로 오그라들지도 않고, 흩어지거나 가라앉지도 않으면서, 오히려 빛을 통해 만물의 진리와 자신 안의 진리를 보고 밝힐 때, 영혼의 모습은 변치 않는 원형(圓形)을 유지한다.

13. 누군가가 나를 경멸한다면, 그것은 내가 상관할 일이 아니다. 내가 알아서 할 일은 경멸받을 만한 말과 행동을 하지 않는 것이다. 또 누군가가 나를 미워한다면, 그것도 내가 상관할 일이 못 된다. 내가 할 일은 누구에게나 친절하고 너그러운 태도로 대하고, 나를 미워하는 사람에게는 잘못을 일깨워주되 그를 비난하거나 나의 참을성을 과시하는 태도를 보여서는 안 되는 것이다. 다만 솔직하고 친절하게, 저 유명한 포키온(Phocion, 아테네의 정치가, 장군. 그는 '선'(善, The Good)이라는 인기 있는 별명으로 알려졌다)과 같은 태도 ─ 만일 그가 그렇게 가장한 것이 아니라면 ─ 를 취해야 한다.

인간의 내면은 그런 것이어야 하며, 어떤 일에도 화를 내지 않고 불평하지 않는 인간의 모습을 신들에게 보여줘야 한다. 만일 당신이 자기의 본성에 합당한 일을 하고, 어떤 방법으로든 공동체에 이익을 주는 사명을 받은 인간으로서 지금 일어나고 있는 일에 만족한다면, 어떻게 좋지 않은 일이 당신에게 일어날 수 있겠는가.

14. 그들은 서로 경멸하면서 서로 아부하고, 서로 이기려고 하면서 서로 허리를 굽실댄다.

15. "나는 너를 솔직하게 대하기로 했어." 하고 말하는 사람은 얼마나 불순하고 비천한 자인가!

인간이여, 그대는 대체 무엇을 하고 있는가? 그런 말은 입 밖에 낼 것이 못 되지 않은가? 그런 것은 저절로 드러나기 마련이고, 당신의 이마에 적혀 있을 수밖에 없으니까. 연인들끼리는 상대방의 눈에서 모든 것을 간파하듯이, 그런 것은 목소리의 울림을 들어도 당장 알 수 있고 눈을 보아도 바로 알 수 있는 것이 아닌가.

즉 성실하고 선량한 인간은 강한 향기를 풍기는 사람과 같아서 그의 곁에 가까이 다가가는 사람은 누구나 싫든 좋든 그 냄새를 맡기 마련이다. 위장된 솔직함은 가슴에 품은 비수와 같고, 늑대의 우정처럼 혐오스러운 것은 없다. 무엇보다도 이것을 회피하라. 선량한 사람, 성실한 사람, 친절한 사람은 그 모든 특징을 눈에 드러내며, 다른 사람들이 알아차리기 마련이다.

16. 고귀하게 인생을 사는 데 필요한 힘은 영혼 속에 갖춰져 있다. 선하지도 악하지도 않은 것들에 대해 무관심하기만 한다면 말이다. 대상에 대해 무관심하려면 선하지도 않은 것들을 부분적으로 보든 전체적으로 보든, 어떤 판단을 우리에게 강요하지도 않거니와 우리에게 다가오는 것도 아니라는 점을 기억하면 된다.

대상들은 꼼짝 않고 서 있는데, 이에 관한 판단을 내리고 마음속에 각인시키는 것은 우리 자신이다. 하지만 우리는 그런 것들을 각인해 둘 필요도 없고, 부지불식간에 스며들었다고 하더라도 이것을 지워버리는 것 또한 우리의 자유다.

그리고 그런 것들에 주의를 기울이는 것은 잠깐이고, 그러고 나면 마침내 인생도 종말을 고할 것이다. 대체 대상이 마땅치 않다고 해서 불평하다니 말이 되는가.

만일 이러한 것들이 자연에 합당하다면 그것을 기꺼이 받아들여라. 그러면 마음이 평안할 것이다. 그러나 만일 자연에 어긋난다면 당신의 본성에 합당한 것을 추구하고, 설령 그것이 평판이 좋지 못한 일이라 하더라도 힘을 기울여라. 자기의 고유한 선을 추구하는 것이 만인에게 허용되어 있기 때문이다.

17. 만물은 어디서 왔고, 어떤 성분으로 구성되어 있으며, 무엇으로 변화하고, 변화한 다음에는 어떤 상태가 되며, 변화하더라도 어떤 해도 입지 않는다는 것을 명심하라.

18. 첫째, 당신은 사람들과 어떤 관계를 맺고 있는가? 우리는 서로 돕기 위해 태어났다. 또한 다른 관점에서 보면 숫양이 양 떼를 이끌듯이, 황소가 소 떼를 이끌듯이, 당신은 그들을 이끌기 위해 태어났음을 생각하라. 먼저 다음과 같은 전제에서 출발하라. 우주가 단순히 원자들의 집합체가 아니라면, 만물에 질서를 부여하는 것은 자연이다. 그렇기에 열등한 것들은 우월한 것들을 위해 존재하고, 우월한 것들은 서로를 위해 존재한다.

둘째, 식탁 앞에 앉아 있거나 침상에 누워 있거나 그 밖의 다른 상황에서 그들이 어떻게 행동하는지를 생각해 봐라. 무엇보다도 자신들의 원칙에 의해 어떤 강압을 받고 있으며, 자신들이 행하는 일들을 얼마나 오만하게 행하는지 살펴봐라.

셋째, 만일 그들이 그렇게 한 것이 옳다면, 당신은 화를 내서는 안 된다. 만일 옳지 않다면, 마지못해 그렇게 했거나 무지의 소치임이 명백하다. 왜냐하면 영혼이 마지못해 억지로 진리를 빼앗기는 것처럼, 각자에 대한 적절한 처신도 마지못해 빼앗기기 때문이다. 그래서 사람들은 불의하다든지 감사할 줄 모른다든지 탐욕스럽다든지 하는 등으로, 이웃에 잘못을 저지르는 자라는 말을 들으면 분개하는 것이다.

넷째, 당신도 많은 잘못을 저지르고 있고, 당신도 그들과 다를 것이 없다는 것을 기억하라. 그리고 당신이 어떤 잘못들을 저지르지 않더라도 잘못을 저지를 가능성은 얼마든지 있다. 설사 당신이 비겁하거나 명예욕 때문에 또는 그와 비슷한 다른 동기에서 그들과 같은 잘못을 저지르지 않았다고 하더라도 마찬가지다.

다섯째, 비록 그들이 잘못을 저질렀다고 하더라도 당신이 그 잘못을 확인한 것은 아니다. 대체로 무슨 일이든지 어떤 환경과 관련되어 일어나기 때문이다. 요컨대 다른 사람의 행동에 대해 정확한 판단을 내리려면, 그보다 먼저 많은 것을 분명히 알아두어야 한다.

여섯째, 몹시 화가 나거나 비통할 때는 인간의 삶은 일순간이며, 머지않아 우리는 모두 무덤에 묻히게 된다는 것을 생각하라.

일곱째, 우리를 괴롭히는 것은 그들의 행동이 아니다. 그들의 행동은 그들의 지배적 이성에 근거를 두고 있기 때문이다. 사실, 우리를 괴롭히는 것은 그들의 행동에 대한 우리의 의견이다. 그러므로 우리의 의견을 제거하고, 그 행동을 나쁘게 생각한 자신의 판단을 버려라. 그러면 당신의 분노는 사라질 것이다. 그렇다면 어떻게 해야 그런 의견이나 판단을 버릴 수 있는가? 어떤 모욕도 당신에게 치욕을 안겨주지 못한다고 생각하면 가능해진다. 그렇지 않다면 당신은 다른 사람의 행동으로 인해 수많은 잘못을 저질러 강도도 되고 그 밖의 것도 될 수밖에 없을 것이기 때문이다.

여덟째, 우리가 화를 내거나 비통해할 만한 행동 자체보다도 이러한 행동에 대한 우리의 분노와 슬픔이 더 큰 고통을 준다는 것을 잊지 마라.

아홉째, 당신의 호의가 꾸민 것이나 위선이 아니라 진지한 것일 경우에 가장 큰 힘을 발휘한다는 것을 잊지 마라. 아무리 고약한 사람이라도 당신이 그에게 변함없이 호의를 베풀고 기회 있을 적마다 따뜻하게 충고해주며, 그가 당신을 해치려고 할 때마다 당신이 조용히 타일러 그의 마음을 바꾸게 한다면 그는 당신에게 결코 해를 입히지 않을 것이다.

"여보시오, 그래서는 안 됩니다. 우리는 그런 일을 하려고 세상에 태어난 것이 아니오. 당신이 나에게 무슨 짓을 하더라도 나는 그 때문에 조금도 해를 입지 않아요. 당신은 스스로 자기를 해치고 있는 거요."

그리고 부드럽고 재치 있게, 앞에서 한 말은 일반적인 관점에서 사실이라고 말하고서, 꿀벌이나 그 밖에 집단생활을 하는 본성을 가진 동물도 그런 짓은 하지 않는다는 것을 깨닫게 하라. 그러나 결코 빈정대거나 나무라지 말고, 아무 원한도 품지 않은 다정한 태도로 타일러야 한다. 또한 학생을 훈계하듯 하거나 옆에 있는 사람들의 칭찬받으려 하지 말고, 주위에 다른 사람이 있을 때는 그가 혼자 있는 틈을 타서 이야기하는 것이 바람직하다.

이상의 아홉 가지 항목을 뮤즈가 보낸 선물로 받아들이고, 언제나 명심하라. 그리고 아직도 살날이 남아 있는 동안 참된 인간이 돼라. 그리고 사람들에게 화내는 것을 경계하고, 아울러 아첨하지 않도록 경계해야 한다. 이 두 가지는 모두가 비사회적(非社會的)이고 해로운 영향을 주는 경향이 있기 때문이다.

화가 치밀었을 때도 곧 다음과 같이 생각하는 것이 좋다. 즉 화를 내는 것은 남자답지 못한 일이다. 온유하고 관대한 태도가 더욱 인간답고 남자답다. 이런 사람은 힘과 강인성과 용기를 갖고 있으나, 화를 내거나 불평하는 사람은 그렇지 못하다. 인간은 정념(情念)에서 해방될수록 그만큼 더 힘이 강해지기 때문이다. 슬픔이 연약한 데서 비롯되는 것과 마찬가지로 분노도 그러하다. 슬픔과 분노를 느끼는 것은 상처를 입는 일이요, 고통에 굴복하는 일이다.

그리고 만일 당신이 원한다면, 뮤즈의 지휘자 아폴로 신으로부터 열 번째 선물을 받을 수 있다. 그것은 나쁜 사람들이 죄를 짓지 않기를 기대한다는 것은 어리석은 짓이라는 것이다. 불가능한 것을 바라기 때문이다. 그러나 나쁜 사람이 다른 사람에게 잘못을 저지르는 것은 방관하면서, 그들이 당신에게는 잘못을 저지르지 않기를 바란다면 그것은 어리석고 폭군 같은 태도이다.

19. 당신이 경계를 게을리해서는 안 되는 지배적 이성의 네 가지 미로가 있다. 이것들을 발견했을 때는 이를 제거하고 그때마다 이렇게 말하라.

"이 생각은 필요한 것이 아니다. 이 생각은 공동체를 해체할 수도 있다. 네가 말하려는 것은 네 본심이 아니다."

인간이 자신의 본심을 말하지 않는 것은 가장 불합리한 일로 여겨져야 하기 때문이다.

네 번째 미로는 당신이 자기 자신을 책망하는 것인데, 그것은 당신 안의 가장 신성한 부분인 이성이 가장 비천하고 사멸해야 되는 부분인 육신과 그것의 야비한 의견들에 패배하고 굴복했음을 인정하는 것이기 때문이다.

20. 당신을 구성하고 있는 것 중에서 공기나 불의 원소는 본성상 위로 오르게 되어 있지만, 우주의 질서에 순응하여 여기 지상에서 당신 육신의 복합체 안에 붙들려 있는 것이다. 또 당신 안에 있는 흙의 원소와 물의 원소는 모두 아래로 떨어지는 경향이 있음에도 불구하고 위로 올려져 자신들의 본성에 맞지 않은 자리를 차지하고 있다. 이렇듯 원소들은 '전체'에 예속되고, 일단 어떤 장소에 배치되면 전체로부터 다시 해체하라는 신호가 주어지기 전까지 강제로 그곳에 머물러 있다.

그렇다면 당신의 이성적인 부분만 반항하면서 자신의 위치를 불만스러워한다면 그것은 이상한 일 아닌가? 그러나 당신의 이성적인 부분에는 어떠한 강제도 가해지지 않고 당신의 본성에 맞는 일만 일어나고 있다. 그런데도 이 부분은 그것도 용납하지 못하고 반대 방향으로 나간다. 불의, 분노, 슬픔, 공포 등을 느끼는 것은 자연으로부터 이탈한 자의 행동이기 때문이다. 지배적 이성은 어떤 사건을 못마땅해하는 순간 자기 위치에서 이탈하는 것이 된다. 왜냐하면 지배적 이성은 단지 정의를 위해서만이 아니라 그에 못지않게 경건함과 신에 대한 두려움을 위해 만들어진 것이기 때문이다.

이런 미덕들도 공동체 정신에 포함되어 있으며, 사실은 정의로운 행동보다 더 존중받아야 하는 본성이다.

21. 삶의 목표가 늘 한결같지 않은 사람은 전 생애를 통해 한결같을 수 없다. 그렇다면 그 목적이 어떤 것이어야 하는지 덧붙이지 않는다면, 방금 말한 것만으로는 불충분하다. 어떤 의미에서 다수에 의해 선으로 간주되는 모든 사물들에 관해서는 의견이 일치할 수 없지만, 그중에서 어떤 것, 이를테면 모두에게 공통된 문제에 관해서는 의견이 일치될 수 있다. 그러므로 우리도 국가와 공동체에 이익이 되는 목적을 설정할 필요가 있다.

이러한 목적을 위해 자기의 모든 노력을 기울이는 사람은 모든 행동이 한결같을 것이고, 따라서 그 자신도 늘 한결같을 것이기 때문이다.

22. 시골 쥐와 도시 쥐를 생각해 봐라. 그리고 도시 쥐의 공포심과 경계심에 대해 생각해 봐라.

23. 소크라테스는 대중의 의견을 '라미아(Lamia)'라고 불렀다. 이것은 어린아이들을 잡아먹는다는 가공의 괴물로, 어린애들이 무서워하는 도깨비다.

24. 라케다이몬(Lacedaemon, 스파르타인) 사람들은 축제 때 외국 손님의 자리는 나무 그늘에 마련해 주고, 자신들은 아무

데나 앉았다.

25. 마케도니아의 페르디카스 왕이 소크라테스를 자신의 궁정으로 초대했을 때, 소크라테스는 "나는 최악의 불명예스러운 죽음을 맞고 싶지 않기 때문에 거기에 가지 않겠다."고 말했다.
이것은 자기가 보답할 수 없는 호의나 환대는 받을 수 없다는 뜻이었다.

26. 에피쿠로스(Epicouros)학파 사람들의 저술에는, 미덕을 실천한 선현들 가운데 한 분을 항상 기억하라는 충고가 적혀 있다.

27. 피타고라스(Pythagoras)학파에는 아침마다 하늘을 바라보라는 규칙이 있었다. 언제나 같은 궤도를 따라 같은 방법으로 자신들이 맡은 일을 완수하는 천체들뿐 아니라, 그들의 질서와 순결성과 적나라한 모습을 상기하기 위함이었다. 별을 가리는 베일(veil)은 없기 때문이다.

28. 크산티페(Xanthippe)가 소크라테스의 옷을 가지고 밖으로 나가버렸을 때, 몸에 양가죽을 걸친 소크라테스의 모습을 상상해봐라.
그리고 그의 옷차림을 보고 친구들이 창피해서 달아났을 때, 소크라테스가 그들에게 무슨 말을 했는지 상상해봐라.

29. 쓰기와 읽기는 당신이 배워서 익숙해지기 전에는 다른 사람을 가르칠 수 없다.

이 말은 인생에 대해 말할 때 훨씬 더 타당하다.

30. "당신은 노예로 태어났다. 이유를 대는 것은 당신에게 허용되지 않는다."

이것은 어느 비극 시인의 말이다.

31. "내 마음은 웃고 있었다."

이것은 호메로스(Homeros, 고대 그리스의 시인)의 말이다.

32. "그들은 가혹한 말로 덕을 비난할 것이다."

이것은 헤시오도스(Hesiodos, 고대 그리스의 시인)의 말이다.

33. 겨울에 무화과(無花果)를 찾는 사람은 미친 자다. 더 이상 아이를 갖지 못할 나이에 아이를 바라는 사람도 그렇다.

34. 에픽테토스(Epiktetos)가 말했다.

"어린애와 입을 맞출 때, 당신은 마음속으로 '어쩌면 너는 내일 죽어버릴지 모른다.'라고 중얼거려야 한다." 이것은 불길한 말이 아닌가! "아니, 조금도 불길한 말이 아니다." 하고 그는 말을 이었다. "그것은 자연의 작용을 의미하는 데 불과하다. 만일 이런 말이 불길하다면 벼 이삭이 익었다는 말도 불길한 말이 아니겠는가."

35. 덜 익은 포도, 잘 익은 포도, 건포도. 이 모든 것은 변한다. 그러나 무(無)로 변하는 것이 아니라, 지금까지 없던 새로운 것으로 변하는 것이다.

36. "우리의 자유의지를 빼앗아가는 사람은 아무도 없다." 이것은 에픽테토스의 말이다.

37. 에픽테토스가 또 말했다.
"우리는 동의하는 기술(또는 원칙)을 발견해야 한다. 그리고 우리의 욕구는 적당히 제약을 받아 공익(公益)에 사용해야 하고, 대상이 갖는 가치에 부합하도록 각별히 주의해야 한다. 또한 정욕의 충족을 삼가야 하고, 우리가 자유롭게 할 수 없는 것은 피해야 한다."

38. 에픽테토스가 말했다.
"이 논쟁은 일상적인 평범한 문제에 대한 것이 아니다. 우리가 미쳤느냐, 그렇지 않으냐 하는 문제로 싸우고 있는 것이다."

39. 소크라테스는 늘 이런 대화를 했다.
"너희는 무엇을 원하느냐? 이성적 존재들이냐, 아니면 비이성적 존재들이냐?"

"이성적 존재들입니다."

"어떤 이성적 존재들 말인가? 건전한 것들이냐, 아니면 불건전한 것들이냐?"

"건전한 것들입니다."

"그렇다면 너희는 어찌하여 그것을 추구하지 않느냐?"

"우리는 이미 그것들을 갖고 있기 때문이지요."

"그런데 너희는 어째서 싸우고 반목하느냐?"

12
도덕적 삶에 대하여

1. 당신 <u>스스로</u> 이를 거부하지만 않는다면, 당신이 도달하려고 하는 목적은 우여곡절을 겪는다고 하더라도 도달할 수 있다. 그러기 위해서는 당신이 모든 과거를 버리고, 미래를 섭리에 맡겨둔 채 경건하고 정의롭게 오직 현재에 충실해야 한다.

당신에게 주어진 운명 — 자연은 당신을 위해 운명을 정하고, 그 운명을 위해 당신을 탄생시켰다. — 에 만족하기 위해서는 경건해야 하고, 당신이 자유롭고 숨김없이 진리를 말하고, 법칙에 따라 자기의 보람 있는 일을 하며 정의로워야 한다. 그러므로 다른 사람의 사악(邪惡)함이나 당신 자신의 판단, 다른 사람의 말, 그리고 당신을 에워싸고 있는 보잘것없는 육신의 감각에 매이지 마라. 그런 것들은 그런 것들에 영향받는 당신 육신이 돌볼 것이다.

그리하여 당신은 언제 세상을 떠나든 다만 당신의 지배적 이성과 당신 안에 깃들어 있는 신성(神性)만을 존중하고 그 밖의 일은 모두 무시한다면, 또한 언젠가는 죽어야 하기 때문이 아니라 아직도 본성에 따라 사는 삶을 살지 못하기 때문에 두려워한다면, 당신은 자기를 탄생시킨 우주에 알맞은 인간이 될 것이다. 그리고 당신의 조국에서 더 이상 이방인이 되지 않을 것이며, 날마다 일어나는 일에 대해서는 마치 예견하지 못한 양 더 이상 놀라지 않을 것이며, 이런 것 저런 것에 더 이상 매달리지 않아도 될 것이다.

2. 신은 모든 인간의 지배적 이성을 볼 때 물질적인 외양이나 외피 또는 불순물을 제거한 적나라한 상태에서 본다. 왜냐하면 신은 오직 자신의 이성적 부분으로서, 자신으로부터 흘러나와 인간의 지배적 이성에 흘러 들어간 부분들과만 접촉하기 때문이다. 만일 당신도 신처럼 육신을 무시한다면 수많은 번뇌에서 벗어날 수 있을 것이다. 자기를 에워싸고 있는 보잘것없는 육신을 무시하는 사람이 옷, 집, 명성, 그 밖의 외부적인 사치 때문에 시간을 낭비하겠는가?

3. 당신은 육신, 호흡(생명), 이성의 세 가지로 되어 있다. 그중에서 처음 두 가지는 당신이 돌봐줘야 한다는 의미에서 당신의 것이지만, 참 의미에서는 오직 세 번째 것만이 당신의 소유물이다.
그러므로 당신 자신으로부터, 다시 말해서 당신의 이성으로부터 다른 사람의 언행과 당신 과거의 언행, 미래의 일로서 당신의 마음을 어지럽게 하는 것들, 당신을 둘러싸고 있는 육신과 그 안에 결부되어 있는 호흡(생명)에서 생겨나 당신의 의사와는 상관없이 당신에게 부속되어 있는 모든 것들, 소용돌이치면서 맴도는 외부의 혼란 등을 모조리 제거하여 당신의 이성으로부터 멀리하게 한다면, 그리하여 당신의 정신적 능력이 운명의 쇠사슬에서 벗어나 그 무엇에도 속박되지 않은 상태에서 스스로 올바른 일을 행하고, 당신에게 일어나는 일들을 받아들이고 진리를 말할 수 있게 된다면, 다시 말해서 당신의 지배적 이성이 정념에서 비롯되는 부가물이나 미래와 과거에 속한 것을 멀리한다면, 엠페도클레스(Empedocles)가 말하는 '주위를 지배하고 있는 고독을 즐기는 구체(球體)'처럼 만든다면, 현재에 충실한 삶을 산다면, 당신은 남은 생애를 마음의 동요 없이 고귀하게 당신의 수호신과 사이좋게 지내면서 보낼 수 있을 것이다.

4. 나는 사람들이 자기 자신을 다른 누구보다 더 사랑하면서도, 자신에 관한 평가에 있어서는 다른 사람의 의견보다 자기의 의견을 더 존중하지 않는 것을 보고서는 의아해했던 적이 한두 번이 아니다. 어쨌든 신이나 현자가 어떤 사람에게 와서, 생각하자마자 큰 소리로 말할 수 없는 것은 마음에 품지도 생각하지도 말라고 명령한다면, 그는 그런 삶을 단 하루도 견디지 못할 것이다.

그런데도 다른 사람이 나를 어떻게 생각하는가 하는 것을 자신이 스스로를 어떻게 생각하는가보다 더 존중한단 말인가.

5. 인간에 대한 사랑으로 모든 일을 정한 신들이 어떻게 다음의 일을 간과할 수 있었겠는가! 그것은 어떤 사람들, 특히 매우 착한 사람들, 이를테면 신성과 더없이 친밀한 관계를 맺고 있고, 경건한 행동과 종교적 의식을 통해 신을 잘 섬기는 사람들이 일단 죽으면 다시 존재하지 못하고 소멸되어 버린다는 것이다. 그러나 만일 이것이 사실이라면, 신들은 그와는 달리 만들어 놓았을 것이라고 확신하라. 만일 그것이 옳다면 그것은 가능했을 것이고, 만일 그것이 자연에 합당한 일이라면 자연은 이 일을 성취시켰을 것이다. 그러나 올바른 일도 아니고 자연에 합당한 일도 아니었기 때문에 사실은 그와 같이 되지 않았다면, 당신은 착한 사람들도 완전히 소멸해버리는 것은 어찌할 수 없는 일이라고 확신하라.

당신이 지금 이 문제로 신들에게 따지고 있어서 하는 말이다. 만일 신들이 가장 선하고 가장 올바르지 않다면, 신에게 따질 필요도 없을 것이다. 그러나 신들이 가장 선하고 가장 올바르다면, 신들은 우주의 정의에 어긋나거나 불합리한 일은 허용하지 않았을 것이다.

6. 자기로서는 도저히 감당할 수 없다고 생각되는 일이라도 연습을 게을리하지 마라. 연습 부족으로 다른 일을 감당치 못하는 왼손도 말고삐만은 오른손보다 더 힘차게 붙잡는다. 왼손은 이 일만은 늘 연습해왔기 때문이다.

7. 죽음이 닥쳐왔을 때 육신과 영혼이 어떤 상태에 놓이게 될 것인가를 생각해 봐라.

짧은 인생, 과거와 미래로 뻗은 무한한 시간과, 모든 물질의 취약함을 생각하라.

8. 사물의 원인을 보되 겉껍데기를 벗겨내고 바라보라. 그리고 모든 행동의 목적이 무엇인가를 살펴봐라.

고통, 쾌락, 죽음, 명예의 본질은 무엇인가? 누구 때문에 불안한지 돌아보라.

누구도 다른 사람의 속박을 받을 수 없고, 모든 것이 주관에 불과하다는 것을 생각하라.

9. 삶의 원리들을 현실에 적용할 때는 검투사가 아니라 격투기 선수를 본받아야 한다. 검투사는 자신이 사용하는 칼을 떨어뜨리면 죽음을 당하지만, 격투기 선수는 단지 손을 오므려서 주먹을 쥐기만 하면 되기 때문이다.

10. 사물 자체는 무엇인가? 그 소재, 원인, 목적으로 구분함으로써 그 실체가 어떤 것인지 보라.

11. 신이 칭찬할 일만 하고, 신이 부여하는 것은 모두 받아들일 수 있는 인간은 얼마나 큰 능력을 갖고 있는 것인가!

12. 자연에 맞는 일을 가지고 신들을 탓하지 마라. 신들은 의도적으로 잘못을 저지르지도 않고, 원하지 않는데 어쩔 수 없어서 잘못을 저지르지도 않기 때문이다.

사람들을 탓하지 마라. 사람들은 원하지 않는데도 어쩔 수 없이 잘못을 저지르기 때문이다. 그러므로 그 누구도 비난해서는 안 된다.

13. 인생에서 일어나는 어떤 일에 놀라다니, 이 얼마나 가소롭고 세상 물정 모르는 사람인가!

14. 우주는 숙명적인 필연성과 움직일 수 없는 질서, 또는 자비로운 섭리가 지배하거나, 아니면 목적도 없고 방향도 없는 혼돈이 지배할 뿐이다. 만일 숙명적인 필연성이 있을 뿐이라면 무엇 때문에 당신은 반항하는가? 만일 자비로운 섭리가 있을 뿐이라면 당신 자신을 신의 도움을 받을만한 사람으로 만들어라.

그런데 만일 방향도 없는 혼돈이 지배한다면, 당신은 거센 폭풍우 속에서도 자기 안에 지배적 이성을 갖고 있음을 기뻐하라. 그리고 폭풍우가 당신을 휩쓸어가더라도, 당신의 보잘것없는 육신과 호흡과 그 밖의 것은 휩쓸어가게 내버려 둬라. 당신의 이성만은 절대 휩쓸려가지 않을 것이기 때문이다.

15. 등불은 꺼질 때까지 광채를 잃지 않고 빛난다. 그런데 당신

안의 진리와 정의와 절제가 때가 되기도 전에 먼저 꺼지겠느냐?

16. 누가 잘못을 저지른 것같이 생각될 때는 '그가 잘못을 저질 렀다는 것을 내가 어떻게 알지?' 하고 자문해 봐라. 그가 정말 잘못을 저질렀다면, '그는 스스로 자책하고 있다.'라고 생각하라. 그러면 그는 스스로 자기 얼굴을 할퀸 격이다.

악한 사람이 잘못을 저지르지 않기를 바라는 것은 무화과나무 에 시큼한 열매가 열리는 것과 어린아이가 우는 것과 말이 울부짖 는 것과 그 밖에 모든 필연적인 일이 일어나지 않기를 바라는 것과 같다. 그런 자질을 가진 자에게 무엇을 기대할 수 있겠는가? 그러 므로 그런 일 때문에 화가 난다면 그런 자질부터 치유해라.

17. 올바른 일이 아니면 행하지 마라. 진실하지 않으면 말하지 마라. 그러한 결단은 어디까지나 자신에게 달려 있기 때문이다.

18. 언제나 전체를 통찰하라. 당신에게 어떤 생각이나 인상을 주는 것은 무엇인가? 그것을 원인과 소재와 목적과 수명 등으로 구분하여 정확히 규명하도록 하라.

19. 정욕을 일으켜 당신을 인형처럼 줄로 조종하는 것보다 더 우월하고 훨씬 뛰어난 것이 당신 마음속에 있다는 것을 이제는 인식해라. 지금 내 마음을 지배하는 것은 무엇인가? 두려움인가?

의혹인가? 욕망인가? 그 밖에 이와 비슷한 그 무엇인가?

20. 첫째, 무슨 일이든지 목적 없이 닥치는 대로 행동하지 마라. 둘째, 공동체에 유익한 것만 당신 행동의 목표로 삼아라.

21. 머지않아 당신은 그 어디에도 존재하지 않을 것이며, 당신이 지금 보고 있는 모든 것과 지금 살아 있는 모든 사람도 마찬가지임을 명심하라. 만물은 다른 것들이 순서에 따라 생겨나도록 변화하고 변형되고 소멸하게 되어 있기 때문이다.

22. 모든 것은 의견에 지나지 않고, 의견은 당신에게 달려 있음을 명심하라. 따라서 원할 때는 의견을 버려라.

그러면 당신은 이미 갑(岬)을 돈 선원처럼 모든 것이 평온한 가운데 잔잔한 바다를 지나 안전한 항구로 들어서게 될 것이다.

23. 그것이 어떤 행동이든 적절할 때 끝나면 그 때문에 해를 입는 일은 없다. 또한 이 행동을 한 사람도 그 행동을 끝냈다고 해서 해를 입지 않는다.

마찬가지로 모든 행동의 총화(總和)인 인생도 적절한 때에 끝나기만 하면 그 때문에 해를 입지 않는다. 그리고 일련의 행동을 제때 끝내는 사람도 해를 입지 않는다.

그 시기와 기한은 자연이 정한다. 예컨대 노년의 경우처럼, 우리의 고유한 본성이 결정하는 때도 있지만, 원칙적으로 보편적 자연이 결정한다. 보편적 자연의 부분들이 변함으로써 우주 전체가 늘 젊음과 전성기를 유지하기 때문이다.

그런데 전체에 유익한 것은 무엇이든 언제나 선하고 시의적절하다. 따라서 삶의 중단도 우리의 의사와 관계없고 공동체에 해롭지 않은 만큼 수치스러운 것이 아니기에 각자에게 악이 아니다.

오히려 그것은 공동체를 위해 제때 일어나고, 그렇게 함으로써 자신도 덕을 보는 만큼 선하다. 그런 의미에서 신과 같은 길을 따라 움직이고, 신과 같은 목표를 향해 움직이는 자는 신에 의해 움직이는 자이기 때문이다.

24. 다음의 세 가지 원칙을 언제나 명심하라.

첫째, 어떤 행동을 하든 경솔하거나 정의에 어긋나는 행동을 하지 않는다. 그리고 밖에서 일어나는 모든 일은 우연이나 섭리에 달려 있으므로, 우연을 탓하거나 섭리를 비난해서는 안 된다.

둘째, 개개의 존재는 씨가 뿌려졌다가 영혼을 받기까지, 영혼을 받았다가 영혼을 돌려주기까지 어떤 성질을 지니며, 어떤 성분들로 구성되어 있으며, 어떤 성분으로 해체되는지를 생각해 봐야 한다.

셋째, 당신이 갑자기 하늘 위로 들어 올려져 인간사(人間事)를 굽어보고 얼마나 변화무쌍한가를 깨닫는다면, 동시에 대기와 하늘에 사는 무리들이 얼마나 많이 당신 주위를 에워싸고 있는지를 보게 된다면, 인류에 대한 경멸감을 금할 수 없을 것이다. 그리고 당신이 아무리 자주 들어 올려져도 똑같은 광경을 보고, 모든 것이 천편일률적이고 또 얼마나 덧없는가를 발견하게 될 것이다. 그런데 이런 것들을 자랑스럽게 여길 수 있을까?

25. 당신의 의견을 밖으로 던져버려라. 당신은 구원받을 것이다. 당신의 의견을 밖으로 던져버리는 것을 누가 막을 수 있단 말인가?

26. 당신이 어떤 일에 불만을 느낀다면 다음과 같은 점을 잊고 있지 않은지 돌아보라.

첫째, 모든 일은 우주의 본성에 따라 일어나고 있고, 다른 사람의 잘못은 당신과 관계가 없다는 것을 잊고 있다.

둘째, 이 세상에서 일어나는 모든 일은 늘 그렇게 일어났고, 앞으로도 그럴 것이며, 지금도 곳곳에서 그렇게 일어나고 있다는 것을 잊고 있다.

셋째, 개인과 전 인류의 관계가 얼마나 밀접한가를 잊고 있다. 각자의 정신은 보잘것없는 피나 씨앗의 공동체가 아니라 이성의 공동체이기 때문이다. 또한 당신은 인간의 이성이 바로 신이며, 신으로부터 비롯되었다는 것을 잊고 있다.

넷째, 당신 자신의 것은 하나도 없으며, 당신의 자녀도 당신의 육신도 당신의 영혼까지도 신에게서 온 것임을 잊고 있다.

다섯째, 모든 것은 의견에 지나지 않으며, 각자가 사는 것은 현재이고 잃는 것도 현재라는 사실을 잊고 있다.

27. 어떤 사건에 몹시 분개했던 사람들과, 명성이나 재앙이나 적개심이나 그 밖의 얄궂은 운명 때문에 세상 사람들의 주목을 받았던 사람들을 끊임없이 상기하라.

그리고 나서 '그들은 지금 어디 있지?' 하고 생각해 봐라. 연기요, 재요, 옛이야기이요, 혹은 옛이야기 거리도 되지 못하는 경우도 있다.

다음의 경우도 모두 떠올려봐라.

예컨대 파비우스, 카툴리누스는 시골에서 어떻게 살았으며, 루시우스, 루푸스는 자신들의 정원에서 어떻게 살았고, 바이아이에서의 스테르티니우스, 카프레아이에서의 티베리우스, 그리고 벨리우스 루푸스는 어떻게 살았는가? — 요컨대 자부심을 갖고, 어떤 일에 열중한 사람들의 예다.

그들이 그렇게 탐을 내서 노력한 대상은 얼마나 보잘것없는 것이었는가. 그보다는 철학자로서 자기에게 주어진 여건의 범위 안에서 올바르게 살고, 신중하고, 신들에게 순종하는 편이 얼마나 보람 있는 일인가?

자만심 중에서도, 마치 자기 자신이 자만심에서 벗어난 것처럼 생각하는 자만심이야말로 가장 견디기 어렵기 때문이다.

28. "당신은 대체 어디서 신들을 보았기에, 또는 신들이 존재한

다는 것을 어떻게 알았기에 그토록 신들을 공경하는가?"라고 묻는 사람들에게 나는 이렇게 대답할 것이다.

첫째, 신들은 우리 눈으로도 볼 수 있다.

둘째, 나는 아직 내 영혼도 본 적 없지만, 그럼에도 불구하고 내 영혼을 존중한다. 신들에 대해서도 마찬가지다. 나는 신들의 권능을 매번 경험함으로써 신들이 존재한다는 것을 확신하며, 그 때문에 신들을 두려워하고 공경한다.

29. 개별 사물의 전체적인 실체를 철저히 통찰하고, 그 소재와 원인이 무엇인가를 꿰뚫어 보고, 온 마음으로 옳은 것을 행하고, 진실을 말하는 데 인생의 구원이 달려 있다.

조그마한 틈도 남지 않을 만큼 선행에 선행을 이어 붙임으로써 인생을 즐기는 것 말고 또 무엇이 남아 있겠는가.

30. 햇빛은 벽들과 산들과 그 밖에 무수히 많은 것들에 의해 막힐 수 있지만 하나뿐이다. 생명의 실체는 개별적 특성을 가진 무수히 많은 개체들로 나뉘지만 하나뿐이다. 이성적 영혼은 나누어져 있는 것처럼 보여도 하나뿐이다.

그러나 앞서 말한 것들의 다른 부분들, 이를테면 호흡과 물질적 토대는 지각 능력이 없고 서로 간에 유대도 없다. 하지만 그것들은 이성과, 같은 목표를 지향하는 중력에 의해 결합되어 있다.

그러나 정신은 나름대로 동류에게 이끌려 결합하며, 공동체의 감정은 결코 방해받지 않는다.

31. 당신이 원하는 것은 무엇인가? 영생을 바라는가? 그렇다면 그것은 감각을 줄곧 유지하고 싶은 건가? 욕구도? 성장도? 혹은 이제는 성장을 멈추고 싶은 건가? 또는 언어의 기능을 보존하고 싶은가? 사고 능력을 보존하고 싶은가?

이 가운데 무엇이 가장 바람직하다고 생각되는가?

그러나 그것들 모두가 보잘것없고 경멸스러운 것이라면, 결국은 이성과 신에 대한 순종이라는 마지막 목표를 향해 나아가라.

그러나 그러한 것들을 높이 평가하고, 죽음이 우리한테서 그것들을 빼앗아갈까 봐 슬퍼하는 것은 이런 목표와는 상반된다.

32. 각자에게 할당된 것은 무한하고 헤아릴 수 없는 시간의 얼마나 작은 부분인가? 그것은 순식간에 영원 속으로 사라져버리니 말이다.

보편적 실체의 얼마나 작은 부분이며, 보편적 영혼의 얼마나 작은 부분인가? 그리고 전 대지의 얼마나 작은 흙덩이 위를 당신은 기어 다니는가?

이 모든 것을 명심하고, 당신의 본성이 인도하는 대로 향하고, 보편적 본성이 가져다주는 것을 참는 것 외에 그 어떤 것도 위대하다고 여기지 마라.

33. 당신의 지배적 이성은 자기 자신을 어떻게 사용하고 있는가? 모든 것이 거기에 달려 있기에 하는 말이다.

나머지는 당신의 뜻에 달려 있든 없든, 모두 죽음과 연기에 지나지 않는다.

34. 쾌락을 선으로 여기고 고통을 악으로 여기는 자들조차도 죽음을 하찮은 것으로 생각했다는 사실을 알게 하는 것은, 죽음이 정말 하찮은 것임을 깨닫게 해주는 데 매우 효과적이다.

35. 적당한 때에 일어나는 일들만 선이라고 여기고, 참되고 바른 이성을 따를 수만 있다면 성취할 기회가 많이 주어지든 적게 주어지든 상관하지 않고 만족하고, 이 세상을 좀 더 오래 보게 되거나 좀 더 짧게 보게 되는 것에 연연하지 않는 사람에게는 죽음이 더 이상 두려움이 아니다.

36. 인간이여, 당신은 이 큰 국가의 한 시민으로 살아왔다. 그렇다면 그 기간이 5년 동안이든 100년 동안이든 당신에게 무슨 차이가 있겠는가? 우주의 섭리에 맞는 일은 만인에게 평등한 것이기 때문이다.

그렇다면 당신을 이 국가에서 몰아내는 자가 폭군이나 부정한 재판관이 아니라, 당신을 이곳에 데려온 자연이라면 두려워할 것이 무엇인가? 그것은 마치 연출가가 배우를 등장시켰다가 무대에서 떠나게 하는 것과 비슷하다.

"그렇지만 나는 3막밖에 연출하지 못했어요. 이제 3막이 진행 중인걸요."

─ 좋다! 그러나 인생에서는 3막까지만 올렸더라도 하나의 완성된 연극이다. 언제 연극을 끝낼 것인지를 결정하는 자는 일찍이 이 연극을 구성했다가 지금은 중단시키는 자이기 때문이다. 그러므로 당신은 연극의 구성이나 결말에 대해 책임이 없다. 따라서 흡족한 마음으로 떠나가라. 당신을 해고시킨 자도 흡족해할 것이다.

아우렐리우스 명상록

1판 1쇄 인쇄 | 2024. 4. 5.
1판 1쇄 발행 | 2024. 4. 10.

지은이 | 마르쿠스 아우렐리우스
옮긴이 | 김지영
펴낸이 | 윤옥임

펴낸곳 | 브라운힐
서울시 마포구 토정로 214번지 (신수동)
대표전화 (02)713-6523, 팩스 (02)3272-9702
전자우편 yun8511@hanmail.net
등록 제 10-2428호
ⓒ 2024 by Brown Hill Publishing Co. 2024, Printed in Korea

ISBN 979-11-5825-158-1 03890
값 16,000원

☞ 잘못 만들어진 책은 바꾸어 드립니다.